Mein Leben
mit
Chris und Jack

Vorwort:

Die ersten Erfahrungen mit Bikern konnte ich bereits als Kind sammeln. Mein Vater besaß ein Motorrad und fuhr leidenschaftlich gern damit. Oft nahmen er und mein Onkel mich zu Motoradrennen mit. Ich mochte die angenehme Atmosphäre, die urigen Typen und das Dröhnen der Motoren. Im Fahrerlager durfte ich sogar auf der Maschine eines Rennfahrers sitzen. Meine Hände reichten damals noch nicht bis zum Lenker, dennoch war es ein unbeschreiblich, tolles Gefühl. Unvergesslich sind auch die Erlebnisse mit anderen Motorsportfans. Hilfsbereitschaft wurde stets groß geschrieben. Daher handelt dieses Buch auch von Kameradschaft. Das Teilen und sich gegenseitig etwas Gönnen ist in der heutigen Zeit nicht mehr selbstverständlich. Dabei sind es manchmal die kleinen Dinge im Leben, die es lebenswert machen.

Es hat mich sehr gefreut, dass einige meiner Kollegen so tatkräftig bei der Erstellung des Covers mitgeholfen haben. Danke für die Unterstützung und das Fotoshooting.

Viel Spannung und Spaß beim Lesen.

Anja S.x

Mein Leben
mit
Chris und Jack
–
Eine ungewöhnliche Dreierbeziehung

Bibliografische Information der Deutschen Nationalbibliothek:
Die Deutsche Nationalbibliothek verzeichnet diese Publikation in der Deutschen Nationalbibliografie; detaillierte bibliografische Daten sind im Internet über http://dnb.dnb.de abrufbar.

© 2014 Anja S.x
Infos unter www.anja-sx.de

Lektorat: Vera Klein
mehr Infos unter www.wortlaut-lektorat.de

Fotomodelle: Stefanie Bank, Christopher Lenz und Sven Hattenbach

Herstellung und Verlag: BoD – Books on Demand
ISBN: 978-3-7357-86173

Andy atmete vor der Tür des Krankenzimmers tief durch. Noch eine Patientin, dann war Feierabend für heute. Seit etwa zwei Jahren arbeitete er als Krankenpfleger in der Stadtklinik, auf der Pflegestation. Ein harter Job, gewiss. Hohe Mitarbeiterfluktuation. Doch ihm machte die schwere Arbeit nichts aus. Er mochte es, anderen zu helfen. Die meisten Patienten waren dankbar für einen menschlichen Umgang und ein paar nette Worte. Zudem herrschte ein angenehmes Arbeitsklima. Andy drückte die Türklinke und betrat den Raum. „Hallo Frau Schulze, wie geht es Ihnen heute?", begrüßte Andy die Dame gutgelaunt und rückte ihr Kissen zurecht. Sie war über neunzig Jahre alt und bettlägerig. Wegen des Beatmungsgerätes konnte sie nicht antworten. Dennoch schien sie erfreut, dass Andy mit ihr sprach und sie umsorgte. Anfangs wollte sich Andy mit seiner Aufgabe beeilen, denn er wollte unbedingt zu Chris. Tatsächlich hieß sie Christine, aber jedermann nannte sie Chris. Nach kurzem Überlegen entschied er sich anders. Chris war jünger als er selbst. Sie konnte warten. Er verbrachte sowieso die meiste Zeit mit ihr. Frau Schulze hingegen hatte niemanden mehr und verdiente, dass sich jemand um sie kümmerte. Wer wusste, wie lange sie noch leben würde? Er meinte ein Lächeln in ihrem Gesicht erkannt zu haben, als er von dem herrlichen Sonnentag berichtete.

Während er seine Arbeiten verrichtete, kreisten seine Gedanken fortwährend um Chris und die Ereignisse der letzten Tage. Erst seit kurzem war Chris in der Klinik, im Einzelzimmer am Ende des Ganges. Jeden Morgen ging Andy zuerst zu ihr. Nach Feierabend besuchte er sie erneut und verließ sie erst zur Nachtruhe, sofern es sich einrichten ließ. Er wollte in ihrer Nähe sein. Keinen Tag mochte er sie missen. Außerdem widerstrebte ihm der Gedanke, dass jemand anderes ihre Pflege übernehmen würde. Ihr Befinden bereitete Andy Kummer. Derzeit befand sie sich in einem seltsamen Zustand, körperlich gesund, jedoch ohne eigenen Antrieb. Betrat jemand das Zimmer, schlang sie ihre Arme um ihren Körper. Nur an seiner Seite entkrampfte sie sich wieder. Sehr eigenartig. Andy suchte nach einer Erklärung. Chris und er waren einander vertraut. Die letzten beiden Jahre hatten sie in einer Art Wohngemeinschaft gelebt. Andy kannte sie sehr gut und wusste genau, dass Chris nicht im Krankenhaus sein mochte. Doch ihr fehlte die Kraft zum Leben und Kämpfen. Sonst war sie für andere da, jetzt sollte sie selbst Hilfe annehmen. Eine ungewohnte Situation. Andy bereitete zudem große Sorge, dass Doktor Bernhardt, der Chef dieser Station, ihn am Morgen hatte wissen lassen: Entweder würde Chris bis Ende der Woche aus eigenem Antrieb zu essen beginnen oder sie würde eine Magensonde bekommen und auf die psychiatrische Station verlegt werden. Länger wollte und konnte er nicht zulassen, Chris in der Pflegestation zu behalten. Er hatte sie auf eigene Verantwortung aufgenommen. Bislang zeigte sich keine Besserung, meinte er. Was wäre, wenn Andy krank werden würde? Nicht auszudenken! Außerdem gehörte sie nicht hierher. Chris war an sich gesund. Sie wurde von seelischem Schmerz geplagt. Es müssten sich Leute um Chris kümmern, die sich besser mit solchen Problemfällen auskannten.

Psychiatrie? Nein, das musste Andy verhindern. Chris sollte nicht dorthin. Sie machte Fortschritte. Die Verlegung würde einen Rückschlag bedeuten. Doktor Bernhardt hatte ja recht, sie nahm nur etwas zu sich, wenn Andy in ihrer Nähe war. Niemand sonst hatte Zugang zu ihr. Ohne ihn würde sie wahrscheinlich bloß im Bett liegen und darauf warten zu sterben. War Andy bei ihr, bewegte sie sich zumindest zum Tisch vorm Fenster. Ansonsten saß sie auf dem Stuhl und starrte mit traurigen Augen nach draußen. Morgens schien ihre Bewegungsfähigkeit besser zu sein. Sie konnte sogar Zähneputzen oder sich waschen. Am Abend hingegen gelang es ihr ohne seine Hilfe nicht, vom Stuhl aufzustehen. Zu allem sprach sie kein Wort. Wenn man sie aufzumuntern versuchte, weinte sie. Alles in allem sehr merkwürdig. Andy grübelte weiter vor sich hin. Früher hatte sich Chris nie so verhalten. Lag es wirklich an Jacks Tod? Er war ihr Lebensgefährte gewesen, ihre große Liebe. Offensichtlich litt sie unter seinem Verlust. Wobei, eigentlich hätte sie darauf vorbereitet sein müssen. Natürlich war es ein Schock für alle gewesen, als bei ihm vor einem Jahr ein Hirntumor diagnostiziert worden war. Der Tumor war bereits zu groß und kompliziert gelegen, keine Operationsmöglichkeit. Wer hätte geglaubt, dass dieses Energiebündel so krank war? Wenn Andy es sich recht überlegte: Chris hatte es geahnt – in der Tat war es ihre größte Angst gewesen. Die Kopfschmerzen hatten Jack schon lange geplagt. Die Schmerzattacken kamen häufiger und wurden intensiver. Andy haderte mit sich. Er hätte die Anzeichen erkannt haben müssen. Schließlich war er Krankenpfleger! Warum war er so blind gewesen? Wäre es vielleicht anders gekommen, wenn Jack früher zum Arzt gegangen wäre? Er hätte auf Chris hören sollen! Mit allen Mitteln hatte sie versuchte, Jack zu einer ärztlichen Untersuchung zu bewegen. Auch Andy hatte sein Bestes gegeben, die Ursache dieser Kopfschmerzen herauszufinden. Keinesfalls hatte er damit gerechnet, dass es so ernst um Jack stand. Ansonsten hätte er andere Maßnahmen ergriffen. Ganz bestimmt. Zu spät für diese Erkenntnis. Erschreckend schnell war es mit Jacks Gesundheit bergab gegangen. Er lehnte jegliche medizinische Hilfe ab, bis auf die Schmerzmittel. Diese waren unerlässlich. Doktor Bernhardt hatte ihnen regelmäßig Hausbesuche abgestattet. Er respektierte Jacks Entscheidung, zu Hause sterben zu wollen. Mehr noch. Doktor Bernhardt benahm sich, als wäre er ein Familienmitglied. Er war ein adretter Mann, Ende vierzig, stets gut gekleidet, unglaublich charmant. Beinahe jedes weibliche Wesen schwärmte für ihn, allen voran die Schwestern der Klinik. Einigen Ärzten war dies ein Dorn im Auge, so wie Doktor Schubert. Andy hingegen bewunderte Doktor Bernhardt für seine Perfektion und sein Können. Zudem war dieser ein fürsorglicher Mensch, der sich um jeden kümmerte und sich für alles interessierte – kein bisschen arrogant. Allerdings schien er keine Ehefrau zu haben. Andy konnte sich nicht erinnern, je eine Partnerin an seiner Seite gesehen zu haben. Ganz sicher stand Doktor Bernhardt nicht auf Männer. Sein Verhalten gegenüber Frauen zeigte deutlich seine Neigung. Er umsorgte jeden Patienten rührend, so auch Jack.

Dessen Krankheitsverlauf konnte jedoch auch Doktor Bernhardt nicht aufhalten. Vor einem halben Jahr war es Jack nicht mehr gelungen, allein das Bett zu verlassen. Chris pflegte ihn liebevoll. Selbst ihren Job gab sie auf, um sich ganz um Jack kümmern zu können. Es zehrte an ihren Kräften, doch sie hielt durch. Andy half, wo er konnte. Für ihre Freunde war die Situation unerträglich. Immer weniger besuchten sie. Letztlich blieben bloß Alex und Sarah treu. Beide kamen nahezu täglich vorbei. Ansonsten gab es nur noch Andy. Er lebte bei Jack und Chris und besaß einen Wohnungsschlüssel. Seine eigene Wohnung betrat er selten. Trotzdem hatte er diese nie aufgeben können. Wahrscheinlich lag es daran, dass es keinen Stichtag für seinen Einzug bei Jack und Chris gegeben hatte. Andy gehörte von Anfang an einfach dazu. Wie ein Bruder, nein, eher wie ein enger Vertrauter, aber kein Liebhaber. Es war die seltsamste Beziehung, die Andy bisher geführt hatte. Dennoch hatte er jede Sekunde davon gemocht – obwohl das letzte Jahr sehr schwer gewesen war, bereute er nichts.

Andy erinnerte sich wieder an Jacks Todestag. An diesem kam er etwas später als gewöhnlich nach Hause, der Arbeit wegen. Er fand Chris an Jack angeschmiegt, ihren Arm um ihn gelegt. In der Wohnung war alles unberührt und unbenutzt, als wäre niemand zu Hause. Ungewöhnlich. Jack bewegte sich nicht, als schliefe er. Um festzustellen, ob Jack einen Anfall hatte, prüfte Andy seinen Puls. Andy erschrak, denn Jack fühlte sich kalt an. Er musste schon vor Stunden gestorben sein. Chris hatte keinem Bescheid gegeben. Sie lag stattdessen apathisch bei dem Toten.

„Chris, Jack ist ja tot! Warum riefst du mich nicht an, wie vereinbart?", fragte er und versuchte einfühlsam zu klingen. Keine Reaktion ihrerseits. „Geht es dir gut?", erkundigte er sich. Selbst als er sich neben sie setzte und sanft ihren Arm berührte, sagte Chris nichts. Andy ergriff augenblicklich sein Handy und wählte Doktor Bernhardts Nummer. Danach überlegte er, was bis zum Eintreffen des Arztes zu tun sei. Eventuell könnte es helfen, wenn sie vom Toten wegkäme. Daher hob er Chris vorsichtig hoch und trug sie ins Nebenzimmer. Sie wehrte sich nicht, ließ es geschehen. Auf der Couch setzte er sie ab. Da saß sie nun, völlig verloren, ein Häufchen Elend. Andy legte seinen Arm um sie. Er war überrascht von seinen eigenen Gefühlen. Einerseits traurig, dass sein bester Freund verstorben war, hatte Andy doch andererseits endlich eine Chance, Chris für sich zu gewinnen. Abgesehen von dessen Krankheit, beneidete er Jack. Einmal so geliebt zu werden, das wünschte er sich sehnlichst. Nein, um genau zu sein wünschte er sich, dass Chris ihn genauso liebte wie Jack. Zukünftig müsste er kein schlechtes Gewissen mehr haben, weder Jack noch Chris und erst Recht nicht seinen Freunden gegenüber. Er würde niemandem die Partnerin wegnehmen. Eines Tages würde sie über Jacks Tod hinwegkommen und bereit für eine neue Liebe sein. Andy wäre zur Stelle. Er würde solange warten, wie es nötig wäre. Momentan sorgte ihn allerdings ihr Befinden: ihre Erstarrung, ihr teilnahmsloses Schweigen, ihr verängstigter und zugleich verzweifelter Blick. Sicher war sie schockiert, andererseits sah dies auch nicht nach Trauer aus. Etwas stimmte nicht, aber was? Sein Grübeln wurde unterbrochen, denn es klingelte an der Haustür. Andy drückte den Türöffner und wenig später kam Doktor Bernhardt die Treppen herauf. Er stellte augenblicklich den Totenschein aus und ließ Jack abholen. Chris hatte unterdessen ihre Arme um sich geschlungen. Bald rollten dicke Tränen über ihr Gesicht. Sie sprach kein einziges Wort. Andy hielt sie fest und versuchte sie zu trösten. Nichtsdestotrotz konnte sie nicht aufhören zu weinen. Er war ratlos, ebenso wie Doktor Bernhardt. Was sollten sie tun? Beide beschlossen vorerst abzuwarten. Einen geliebten Menschen zu verlieren war schwer, aber sicher würde sich Chris selbst fangen. Sie war doch eine starke Frau.

Am kommenden Tag hatte Chris wieder genauso auf dem Bett gelegen, wie am Vortag. Ihre Hand ruhte auf Jacks leerem Platz. Sie hatte weder gegessen noch getrunken und ihre Augen waren verweint. Gut zureden half nicht weiter. Sicherheitshalber trug Andy sie zur Couch im Nebenzimmer. Er wollte sie im Auge behalten, während er belegte Brote zubereitete. Chris saß abermals hilflos auf dem Sofa und vermochte sich nicht zu bewegen oder ein Wort zu sagen. Sie atmete lediglich schwer. Andy versuchte sie zum Essen zu überreden. Aber Chris konnte sich nicht überwinden, auch nur ein einziges Häppchen vom Teller zu nehmen. Schließlich schlang sie wieder ihre Arme schutzsuchend um sich. So konnte es nicht weitergehen! Sie würde verhungern. Wer weiß, ob sie sich in diesem Zustand nicht sogar etwas antun würde? Jemand würde tagsüber nach ihr sehen müssen, wenn Andy außer Haus war. Er grübelte vor sich hin, wer dies übernehmen könnte. Chris war Vollwaise. Die Nachbarn hatten mit sich selbst zu tun. Wie wäre es mit Frau Lüttich, aus dem Erdgeschoss? Ausgeschlossen, sie wäre definitiv überfordert. Zudem konnte sie wegen ihrer Gehbehinderung die Treppen nicht hochsteigen. Jemand aus ihrem Freundeskreis? Nein, die Verbliebenen waren berufstätig. Jacks Mutter war seit langer Zeit tot. Vielleicht Jacks Vater? Keinesfalls. Jack war von seinem Vater rausgeworfen worden. Er war gegen Jacks Beziehung mit Chris. Mit Unbehagen erinnerte sich Andy, wie Chris und er versucht hatten Jacks Vater zu überreden, seinen todkranken Sohn zu besuchen und sich mit ihm zu versöhnen. Wüst hatte er Chris beschimpft und ihr die Schuld an Jacks Krankheit gegeben. Er würde wetten, Jack besäße nicht einmal Möbel in seiner Wohnung, sofern er überhaupt eine hätte. Wäre er bei Britta geblieben, einer gutbürgerlichen und gesitteten Frau, stünde er nicht vor diesem Desaster, meinte er. Am Ende schlug Jacks Vater die Haustür vor ihrer Nase zu mit den Worten, sie solle sich zum Teufel scheren. Chris hatten diese Worte tief getroffen. Es dauerte einige Tage, bis sie sich gefangen hatte. Dennoch tat sie vor Jack, als sei alles in Ordnung. Er sollte nicht unnötig beunruhigt werden. Als Andy mit Jacks Vater telefonierte und ihm dessen Tod mitteilte, brüllte dieser verärgert in den Hörer: „Lassen Sie mich endlich in Ruhe! Ich habe schon lange keinen Sohn mehr!", und legte auf. Tja, wen sollte Andy also anrufen? Wer sollte sich um Chris kümmern, während seiner Abwesenheit? In seiner Verzweiflung rief Andy Doktor Bernhardt an, der sofort vorbeikam.

Andy beriet sich mit ihm, was zu tun sei. Er hoffte eigentlich, dass er die nächsten Tage freibekommen könnte. Doktor Bernhardt jedoch entschied, Chris auf der Pflegestation aufzunehmen. Für ein paar Tage könne er das ohne Weiteres verantworten. Zumindest wäre sie unter Kontrolle. Das kleine Zimmer am Ende des Ganges auf seiner Station war frei. Chris versuchte unterdessen, zurück ins Schlafzimmer zu gelangen. Plötzlich brach sie zusammen. Die Frage nach dem Zeitpunkt der Einlieferung ins Krankenhaus erübrigte sich damit. Die Klinik war nur wenige Fahrminuten entfernt. Auf den Krankenwagen zu warten, würde mehr Zeit in Anspruch nehmen, als die Fahrt mit Doktor Bernhardts Wagen zur Notaufnahme. Er bot sich an, Chris dorthin zu bringen. Kurzerhand trug Andy Chris die Treppen hinunter zum Fahrzeug und legte sie vorsichtig auf den Beifahrersitz. Zusammen fuhren sie zur Klinik. Knapp eine Woche war seitdem vergangen.

*

Endlich war Frau Schulze versorgt. Feierabend. Auf dem Weg zu Chris überlegte Andy hin und her, ob er sie davon in Kenntnis setzen sollte, dass Doktor Bernhardt plante, sie zu verlegen. Wer weiß, wie sie darauf reagieren würde – falls sie reagierte? Beim Betreten des Raumes bemerkte er Susanne, seine Kollegin. Ihre blonden Locken waren heute hochgesteckt. Susanne saß neben Chris am Tisch und hatte offensichtlich auf sie eingeredet. Sogleich sprang Susanne auf und rief erfreut: „Gut, dass du kommst, Andy! Ich wollte schon aufgeben." Sie drückte ihm eine weiße Tablette in die Hand, mit den Worten:

„Dieses Antidepressivum soll sie nehmen. Du schaffst es bestimmt." Erstaunt blickte Andy in seine Hand. Tabletten? Das war neu. „Nanu?", wunderte er sich, „dann hat es sich Doktor Bernhardt wohl doch anders überlegt. Ich habe noch seine Worte im Ohr, dass dies nicht nötig sei." Susanne beobachtete seine Reaktion. „Kein Problem", fuhr er nach kurzem Zögern fort, „ich kümmere mich darum." Mit Erleichterung nahm Susanne dies zur Kenntnis und schritt zur Tür. Ehe sie das Zimmer verließ, sagte sie: „Ach Andy, ruf mich bitte heute Abend an. Ich muss etwas mit dir besprechen. Es ist wirklich sehr wichtig. Du darfst es nicht vergessen." „Mach ich", entgegnete er. Andy gab Chris einen Kuss auf den Kopf und strich ihr zärtlich übers Gesicht. Ihre verkrampfte Haltung lockerte sich und ihre Arme, die sie fest um sich geschlungen hatte, lösten sich. Ein kurzes Lächeln von ihr. Das war ein Fortschritt! Warum bemerkte Doktor Bernhardt ihn nicht!? Andy legte ihr die Tablette in die Hand und reichte ihr einen Becher mit Wasser. Er setzte sich auf einen Stuhl am Tisch neben Chris. Sie zögerte. „Es wird dir guttun. Du fühlst dich danach besser, glaub mir!", sprach Andy. Da sie immer noch nicht tat, was sie sollte, forderte Andy sie auf: „Christine, nimm bitte diese Tablette! Mir zuliebe!" Das zog immer. So auch jetzt. Sie steckte die Tablette in den Mund. Beim Becher zum Mund führen unterstützte er sie. Der Teller mit dem Abendessen war noch gefüllt. Chris hatte also wieder nichts gegessen. Er schnitt die belegten Brote in mundgerechte Stücke. Wenn er ihr eine Geschichte oder ein Erlebnis erzählte, würde sie vielleicht auch etwas zu sich nehmen.

Andy schob Chris den Teller mit den Häppchen zu und begann: „Hab ich dir schon mal erzählt, wie ich Jack kennengelernt habe? Bestimmt tausend Mal, oder? Es war vor ungefähr zwei Jahren. Ich wohnte erst wenige Tage in dieser Stadt und hatte eben meinen neuen Job hier in der Klinik angenommen. Nach getaner Arbeit beschloss ich die Gegend zu erkunden. Das Wetter bot sich an, wolkenloser Himmel, nicht zu warm und nicht zu kalt. Mit meiner Yamaha raste ich los, raus aus der Stadt. Ich entdeckte eine wahnsinnig tolle Landstraße. Viele Kurven. Wenig Verkehr. Perfekt zum Austoben. Blöd nur, dass mir plötzlich die Kette riss. Ich hatte unheimlich viel Glück, dass ich die Maschine abfangen konnte und nichts Schlimmeres passierte. Mein nächstes Krad wird garantiert eine Kardanwelle haben. Das kann ich dir sagen. Nun stand ich mitten in der Einöde und wartete darauf, dass jemand vorbeikommen würde. Stundenlang kam niemand. Ich wollte gerade loslaufen, da hörte ich eine andere Yamaha röhren. Ein Kamikazefahrer kam mehr geflogen als gefahren. Das war Jack. Trotz seines Tempos bemerkte er mich und meine R1 am Straßenrand. Er bremste sofort – kaum zu glauben, dass er noch neben mir zum Stehen kam. Toller Typ! Jack begutachtete den Schaden an meinem Motorrad. Obwohl er ein guter Mechaniker war, konnte meine Yamaha vor Ort nicht repariert werden. Notwendige Ersatzteile fehlten. Er nahm mich auf seiner Maschine mit und brachte mich zu Alex und dessen Freundin Sarah. Alex besaß ein Auto mit Anhänger und einer Spezialhalterung für Motorräder nebst Rampe zum Aufladen. Zusammen holten wir drei

Männer mein Bike von der Straße und brachten es in die Werkstatt, in der Jack arbeitete. Dafür war ich dankbar, denn ich kannte mich in der Stadt noch nicht aus und hätte nicht gewusst wohin. Ich mochte Jack auf Anhieb und dachte mir, dass er ein guter Kumpel sein könnte. Er lud mich ein, am nächsten Samstag zu eurer Rennstrecke zu kommen. Bis dahin wäre das Motorrad repariert. Zufällig passte es. Dieses Wochenende hatte ich frei und fuhr hin." Andy hielt inne. Ja, an der Rennstrecke hatte er Chris kennengelernt.

Chris hatte inzwischen tatsächlich einige Happen gegessen. Wäre es klug, davon zu erzählen, wie es war, als er sie das erste Mal sah? Dann würde sie wissen, dass er sie liebte. Bislang hatte er es für sich behalten. Chris und Jack waren ein Paar gewesen und Andy hatte sie keinesfalls auseinanderbringen wollen. Doch ganz ohne Chris leben? Nein, völlig unmöglich. Deswegen war Andy in diese ungewöhnliche Dreierbeziehung geraten. Jack war gestorben, aber würde sie sich nun in Andy verlieben? Seit ungefähr zwei Jahren lebten sie bereits zusammen wie Bruder und Schwester. Das Risiko, Chris zu verlieren schien genauso groß, wie das, sie zu gewinnen. Natürlich würde ihr Andy eines Tages seine Gefühle gestehen müssen, aber auf keinen Fall jetzt. Wer weiß, ob sie es in ihrem Zustand verkraften würde? Ja, später wäre besser, redete er sich ein. Andy lächelte Chris an. Sie war noch genauso hübsch wie an jenem Tag. Er erinnerte sich, als wäre es gestern gewesen.

* *

Die Rennstrecke hatte er damals nicht sofort gefunden. Er verfuhr sich mehrfach, denn der Weg war schlecht ausgeschildert. Angekommen, musste er feststellen, dass die ersten Bikes bereits ihre Runden drehten. Unglaublich viele Leute hatten sich im Fahrerlager versammelt. In unterschiedlich großen Gruppen standen sie beieinander. Langsam fuhr er an ihnen vorbei. Jeder grüßte, obwohl ihn niemand kannte. Natürlich erwiderte Andy gern den Gruß. Er mochte die entspannte Atmosphäre. Einige Biker saßen auf ihren Motorrädern und andere standen daneben, heiße Bräute zwischen sich. Manche Fahrer schraubten an ihren Maschinen. Wegen der Hitze hatten viele Männer das Oberteil ihres Anzugs heruntergezogen, so dass es von der Hüfte herabhing. Man reichte sich Wasserflaschen, einer der Männer goss sich sogar Wasser über den Kopf. Überall Frauen in Minikleidern oder kurzen Höschen. Andy wollte sich allerdings die Damen nicht näher ansehen. Er hatte eben erst eine langjährige Beziehung beendet. Kein Interesse mehr an Frauen. Stattdessen hielt Andy Ausschau nach Jack, doch er war nirgends zu sehen. Neben dem sexy Po einer Blondine entdeckte er Alex, der augenblicklich die Arme schwenkte und ausrief: „Hierher! Wir sind hier!" Andy bockte seine Maschine auf und nahm den Helm ab. Die blonde Frau drehte sich zu ihm um und er erkannte sie. Es war Sarah, Alex Freundin. Als sie Andy bemerkte, wirkte sie erfreut. Sofort posaunte sie aus: „Hey! Mädels, aufgepasst! Dieser superheiße Typ mit den kurzen, dunklen Haaren und den umwerfend braunen Augen ist Andy. Jack brachte ihn kürzlich mit. Er ist neu in der

Stadt und noch zu haben!" Jeder schaute Andy an. Die Damen raunten ein erfreutes „Oh" und „Ah" und pfiffen begeistert. Andy war es peinlich. Schamesröte stieg ihm ins Gesicht. Alex entschärfte die Situation, indem er dazwischenging und die Damen scherzhaft zurechtwies, sich zu benehmen. Darauf schüttelte er Andys Hand zur Begrüßung und stellte ihm die umstehenden Personen vor: Steve, ein hagerer Typ mit braunen Locken. Daneben seine Freundin Conny, eine kleine Brünette. Tim, ein schwarzhaariger, schlaksiger Kerl. Josi, eine fesche Frau mit rot gefärbtem, kurzem Schopf. Außerdem Schulle, ein Mann wie ein Schrank mit schütterem Haar sowie Alfred – Alfi genannt – ein stämmiger Typ mit wilden langen Zotteln und Tätowierungen an den Oberarmen. Die Haarfarbe war schwer erkennbar, es hätte schwarz sein können ebenso wie braun oder grau. Von allem schien etwas dabei zu sein. Die übrigen Mitglieder des Clubs würde Andy später kennenlernen, erklärte Alex. Die anderen Leute stammten aus weiteren Motorradclubs. Sie teilten sich die Gebühr für die Benutzung der Rennstrecke für die wenigen Stunden. Während der Saison trafen sie sich normalerweise einmal im Monat. Andy entschloss sich, zuerst das Geschehen zu beobachten. Er hörte eine Maschine auf der Rennstrecke röhren. Unverkennbar Jacks Motorrad. Andy erklomm die Tribüne und sah bald Jacks schwarze Yamaha. Das Fahrzeug legte sich mit unglaublicher Geschwindigkeit und Schräglage in die Kurven. Was für ein verrückter Kerl! In der nächsten S-Kurve sprühten Funken umher. Eine Fußraste dürfte den Boden berührt gehabt haben. Der Typ musste wahnsinnig sein!

Jemand klopfte ihm auf die Schulter: „Hallo Andy! Toll, dass du gekommen bist." Es war Jack. Mit vielem hätte Andy gerechnet, aber nicht damit. Er starrte ihn überrascht an und stammelte: „Jack? Du hier? Wer ist das? Da, auf deiner Maschine?", und zeigte auf die Piste. Jack meinte lächelnd: „Das ist Chris." Seine braunen Augen strahlten. Andy blickte sprachlos zur Rennstrecke. Jack ließ jemanden mit seinem Motorrad fahren!? Nach seiner Einschätzung war Jack ein Mensch, der niemanden an sein Heiligtum ließ. „Los, komm mit!", rief Jack, „du kannst auch ein paar Runden drehen." Sogleich lief er voran. Immer noch nicht glaubend, was er sah, folgte Andy ihm. Sie gesellten sich zu den anderen im Fahrerlager. Wenig später kam Jacks Motorrad angebraust und bremste scharf vor ihnen. Der Fahrer stieg ab. Er war kleiner und schmaler als Jack und trug einen schwarzen Motorradanzug. Andys Spannung stieg. Wer mochte das sein? Es musste jemand Besonderes sein, keine Frage! Als der Fahrer den Helm abnahm, fielen lange, schwarze Haare herunter. Dunkle Augen mit einem zarten, tiefblauen Lidstrich geschminkt, schauten ihn neugierig an. Das war gar kein Mann, sondern eine Frau! Jack rannte um sein Motorrad herum und nahm sie schwungvoll in den Arm. Nach einem intensiven Kuss zog er sie mit sich zu Andy. „Das ist Chris, mein rettender Engel", sagte er stolz. Chris reichte Andy die Hand: „Du musst Andy sein. Jack hat schon viel von dir erzählt." Er drückte ihre Hand, brachte jedoch nur ein verlegenes Lächeln zustande. Andy stand völlig in ihrem Bann. Eine Frau, die so fahren konnte! Keine Modepuppe, sondern eine verrückte Motorradfahrerin! Genauso sollte sie sein und so sollte sie aussehen, seine Traumfrau. Jack stupste ihn an: „Nun komm endlich! Die gebuchte Zeit ist bald vorbei. Dann müssen wir das Gelände wieder verlassen!" Er strich mit den Händen über seine kurzen, blonden Haarstoppeln und stülpte sich den Helm über, nicht ohne Chris vorher einen Kuss aufzudrücken. „Wetten, dass ich gewinne?", rief er gutgelaunt, ehe er sein Visier herunterklappte. Unverzüglich setzte er sich auf sein Krad und raste davon. Andy rannte zu seiner Maschine und fuhr hinterher. An der Start- und Ziellinie wartete Jack auf ihn neben weiteren Fahrern. Ein kräftiger Mann mit einem Namensschildchen am Hemd schwenkte eine Fahne als Startzeichen. Offenbar gehörte dieser zum Personal des Rennstreckenbetreibers. Die Motoren dröhnten. Zusammen jagten sie über die Piste. Jack übernahm die Führung, gefolgt von Andy. Bald hatten beide einen Vorsprung herausgefahren. Doch so sehr Andy sich auch anstrengte, Jack war immer einen Hauch vorneweg, verrückter, riskanter, schneller, kurz: Der Sieger.

Nach dem Austoben berieten alle Mitglieder des Clubs, wohin sie fahren wollten. Eigentlich schien die Frage danach völlig überflüssig gewesen zu sein. Wie selbstverständlich wurde Jacks und Chris' Wohnstätte auserkoren. Jetzt zeigte sich, warum die Damen kurze Kleider und Höschen trugen. Die Motorradschutzbekleidung. Kaum jemand blieb ohne Anzug, trotz der Hitze. Die Frauen setzten sich je auf den Sozius eines Motorrades. Natürlich nahm Jack nur Chris mit. Das Ziel war die Conrad-Wolf-Straße, zu Andys Überraschung keine fünf Fahrminuten von seiner neuen

Arbeitsstätte entfernt. Bis zur S-Bahn-Station dürften es höchstens zehn Minuten Fußweg sein. Ideal gelegen. Die Häuser in der Straße bestanden aus gut gepflegten, mehrstöckigen Altbauten. Bei Hausnummer sechzehn, einem vierstöckigen Gebäude, hielt die Menge an und suchte sich Parkplätze. Jacks und Chris' Heim befand sich direkt unterm Dach. Eine Holztreppe führte hinauf, einige Stufen knarrten, aber es war alles sauber und ordentlich. Warme Farben an den Wänden. Der verschnörkelte Handlauf gab dem Aufgang ein romantisches Flair. Andy bemerkte pro Geschoss zwei Eingangstüren. Oben angekommen, sah er lediglich eine Tür. Es gab also nur ein Appartement in dieser Etage. Die Wohnung, eine Zweiraumwohnung, hatte keinen Flur. Man gelangte vom Eingang direkt in das Wohnzimmer. Der große Raum enthielt nicht wirklich viele Möbel. Auf der rechten Seite eine Küchenzeile und eine riesige, schwarze Eckcouch, welche am Ende des Zimmers unterm Fenster stand. Bunte Kissen lagen darauf. Davor ein runder Glastisch sowie reichlich passende Couchhocker. Linkerhand führte eine Tür in das fast gleichgroße, hellblau gestrichene Nebenzimmer. Der weiße Schrank darin war eindeutig neu. An Stelle eines Bettes lagen zwei Matratzen auf dem Boden. Das Bettzeug war ordentlich zusammengelegt. Mehr existierte nicht. Alles in allem pikobello aufgeräumt und sauber.

Wie sich herausstellte, gebührte Chris Hochachtung. Sie hatte die Wohnung eingerichtet bzw. arbeitete an deren Fertigstellung. Dafür übernahm sie die Verwaltung der Haushaltskasse, weil Jack alles, was sie verdienten, für sein Motorrad oder irgendwelche verrückten Ideen ausgab. Sie sorgte dafür, dass das Geld gut eingeteilt wurde, schließlich benötigten sie etwas zum Leben und die Miete musste bezahlt werden. Alex erzählte, dass Jacks Kühlschrank stets leer gewesen war, bevor er Chris kennenlernte. Der Tisch war eine Holzkiste und als Stühle dienten umgedrehte Getränkekästen. Nun besaß er sogar Möbel und mehrere Kleidungsstücke. Das passte zu Jack! Andy konnte sich sogar vorstellen, dass Jack, wenn möglich, sein Motorrad ins Schlafzimmer gestellt hätte.

Die Gruppe machte es sich auf dem Sofa inmitten der Kissen gemütlich. Es herrschte ausgelassene und fröhliche Stimmung. Nicht zuletzt wegen des reichlich genossenen Bieres. Die Damen ergötzten sich an Sekt. Eine neue Sorte wurde ausprobiert – Hibiskus. Lediglich Chris mochte nicht und kostete nur einen Schluck. Zum Abendessen bestellten sie sich Pizza. Der Bote erklomm die Stufen mit den vielen Schachteln auf den Armen. Eindeutig wollte er den Weg kein zweites Mal gehen. Atemlos stand er vor der Tür und keuchte den Inhalt der Verpackungen sowie den zu bezahlenden Preis. Chris reichte dem armen Kerl zunächst ein Glas Wasser. Im Nu organisierte sie alles. Jeder bekam, was er bestellt hatte. Zufrieden strich der Mann den Betrag nebst Trinkgeld ein und verschwand. Andy beobachtete heimlich Chris. Eine schlanke Person. Wortgewand und höflich. Immer in Bewegung. Sie versorgte jeden. Andy mochte ihre Art und ihr Lächeln. Ein Zauber umgab sie. Chris war in der Tat anders als die anderen Frauen. Zudem schienen Jack und Chris vom Charakter her gegensätzlich zu sein. Er war eher ungestüm, sie hingegen zurückhaltend. Erstaunlich, dass beide ein Paar waren. Es tat plötzlich weh, wenn Jack sie berührte, küsste oder an sich drückte. Andy wusste, was das bedeutete: Er hatte sich verliebt. Kein Zweifel. Verdammt! Dabei wollte er doch keine Frauengeschichten mehr haben. Neue Freunde hatte er gesucht und jetzt DAS! Andy brauchte dringend frische Luft. Zügig kippte er sein Bier hinunter und ergriff seinen Motorradschlüssel. Ein Schwindelgefühl überkam ihn, als er sich zum Ausgang bewegte. Offensichtlich war ihm entgangen, wie viel er getrunken hatte. Ach was, sagte er sich, die paar Bier würden ihn schon nicht umwerfen. An der Wohnungstür stellte sich ihm jedoch Chris in den Weg. Energisch sprach sie ihn an: „Stopp! Gib mir den Schlüssel!" Andy wunderte sich, was das sollte. „Niemand fährt Motorrad, wenn er Alkohol getrunken hat!", fuhr Chris fort. Ihre Augen funkelten wild. Ehe Andy protestieren konnte, legte Alfi den Arm um seine Schultern. Sein Gewicht drückte schwer. Alfi riet ihm: „Tue lieber was sie sagt. Sie versteht bei dem Thema keinen Spaß!" Doch Andy versuchte die Sache kleinzureden: „Ach was, die paar Bier." Wie angekündigt blieb Chris stur: „Wir haben bereits einen Freund verloren. Ohne Alkohol würde er sicher noch leben. Daher gibt es eine einfache Regel: Wer Alkohol trinkt, übernachtet bei uns oder nimmt die S-Bahn." Sie hielt die Hand auf: „Du kannst auf der Couch schlafen. Und fürs nächste Mal: Bring bitte einen Schlafsack mit." Was sollte er tun? Weiter mit ihr diskutieren? Mit der S-Bahn fahren, um diese Uhrzeit, in einer Gegend, in der er erst wenige Tage wohnte? Er wusste eins: Seine Behausung lag am anderen Ende der Stadt. Andy legte den Motorradschlüssel in Chris' Hand. Jack war zur Stelle und reichte Andy noch ein Bier: „Lass uns anstoßen, mein Freund. Auf die Frauen!" Endlich ließ Alfi von Andy ab. Mit einem tiefen Seufzer setzte sich Andy wieder zu den anderen auf die Couch. Spät in der Nacht verabschiedete sich die Mannschaft. Sie gingen tatsächlich zur S-Bahn. Die Fahrzeugschlüssel hängten sie an das Schlüsselbrett neben der Eingangstür. Dort hing auch Andys Schlüssel. Man hörte, wie die belustigte Gesellschaft die Straße entlanglief und dabei lautstark erzählte und lachte. Jack stieß abermals mit Andy an, der darauf die Flasche in seiner Hand leerte. An mehr erinnerte sich Andy nicht.

~

Am folgenden Morgen wachte Andy mit Kopfschmerzen auf. Er lag auf der Couch. Jemand hatte ihm Schuhe und Hemd ausgezogen und ihn zugedeckt. Stöhnend setzte er sich auf und bemerkte Chris am Küchenschrank. Augenblicklich verstummte er. Keinesfalls sollte sie von ihm denken, dass er ein Jammerlappen sei. Sie stand barfuß da, mit zerwühlten Haaren. Der weite Ausschnitt ihres übergroßen T-Shirts war leicht über ihre Schulter gerutscht. Dieses Kleidungsstück gehörte bestimmt Jack. Es stand ihr ausgezeichnet. Sie sah trotz allem unglaublich süß aus. Chris goss sich eben Kaffee ein: „Guten Morgen, Andy. Möchtest du auch Kaffee? Oder lieber eine Kopfschmerztablette?" „Beides, wenn's möglich ist", entgegnete Andy. Seine Stimme klang leidend. Chris konnte sich ein Lachen nicht verkneifen und entgegnete: „Gern." Sie holte eine Tablette aus dem Schrank sowie eine zweite Tasse, welche sie mit dem heißen Getränk füllte. Danach nahm Chris neben Andy Platz. Der Kaffee tat gut. Andy befühlte seine nackte Brust. Seine Gedanken überschlugen sich: Was war geschehen? Wie konnte es dazu gekommen sein, dass er halb nackt war? Wie peinlich! „Tut mir leid, falls ich mich danebenbenommen haben sollte. Ich kann mich an nichts erinnern", begann er zu sprechen, „totales Blackout. Das ist mir schon lange nicht mehr passiert." „Mach dir nichts daraus. Wir haben auch seit Jacks Geburtstag im Januar nicht mehr so ausgelassen gefeiert. Normalerweise geht es bei uns gesittet zu", entgegnete sie. „Dein Hemd wurde leider in Mitleidenschaft gezogen. Es hängt noch auf der Wäscheleine. Du kannst eines von Jacks anziehen, bis es trocken ist." Andy war die Situation unangenehm. Was für einen schrecklichen Eindruck musste sie von ihm gewonnen haben? „Es tut mir so leid. Ich trinke sonst nie etwas", entschuldigte er sich. Anscheinend mochte Chris nicht weiter darüber reden, denn sie lenkte vom Thema ab: „Jack meinte, du wohnst erst ein paar Tage in der Stadt. Woher stammst du und was führte dich hierher?" Zögerlich erzählte Andy, dass er geflüchtet war von seinem Leben und von Ines, seiner Exfreundin und ehemaligen Arbeitskollegin. Chris hörte aufmerksam zu, was Andy veranlasste mehr zu berichten: „Wir, also Ines und ich, haben zusammen das Dachgeschoss ihres Elternhauses ausgebaut. Jede freie Minute hab ich im Haus geschuftet. Ich legte oft Doppelschicht im Krankenhaus ein, der Finanzen wegen. Wir schmiedeten Pläne und malten uns aus, wie die Wohnung aussehen könnte und wie unsere Kinder darin spielen würden. Der große Traum zerplatzte, als ich eines Tages Ines mit einem Arzt in flagranti ertappte. Ausgerechnet im Lager der Station, während der Arbeitszeit! Unfassbar! Dann wollte ich bloß noch weg und schwang mich auf meine Yamaha. Ich fuhr los, ohne Ziel. Nur eines stand fest: So schnell und so weit weg wie möglich sollte es sein. Erst als der Tank des Motorrades leer war, kurz vor dieser Stadt, endete meine Tour. Während der Fahrt traf ich eine Entscheidung. Ich wollte nicht mehr zurück, sondern einen Neuanfang. An der nächsten Tankstelle kaufte ich eine Zeitung und fand das Inserat der Stadtklinik. Zufällig suchten sie einen Krankenpfleger. Die Stelle bekam ich sofort. Einer der neuen Kollegen suchte einen Nachfolger für seine Wohnung. Eine Einraumwohnung, für mich perfekt. Per Telefon regelte ich das Nötige mit meinem bisherigen Arbeitgeber. Die restlichen Urlaubstage und die Überstunden genügten, um die alte Arbeitsstätte nicht mehr betreten zu müssen. Ich wollte und konnte dort niemandem mehr in die Augen blicken. Wahrscheinlich wusste jeder, dass Ines fremdging, außer mir. Seitdem hat sich keiner meiner alten Freunde gemeldet. Anscheinend hat Ines alle im Griff. Das konnte sie schon immer gut – andere manipulieren. Lediglich meine Mutter und Micha, mein Bruder, rufen täglich an." Aus irgendeinem Grund konnte Andy nicht aufhören zu reden. Sonst kannte niemand seine Familiengeschichte, aber Chris erzählte er fast alles, auch, dass sein Vater gestorben war, als er noch klein war. Damals war sein Wunsch entstanden, im

Krankenhaus zu arbeiten. Ihre Augen beobachten ihn genau. Chris' Blick sprach Bände, als könne sie fühlen, wie es ihm ergangen war. „Warum redest du nur so viel?", fragte sich Andy fortwährend und „Was soll sie bloß von dir denken?" Er verspürte das Bedürfnis, sich an Chris festzuhalten. Sie war so nah und doch so unerreichbar. Im letzten Moment hielt er sich zurück. „Nein!", schärfte er sich ein, „sie gehört zu Jack. Ich bin nicht so ein Schwein, das andere Beziehungen auseinanderbringt."

Die Unterhaltung stoppte, als Jack das Zimmer betrat. Einen Moment blieb er stehen. Er stöhnte ebenso wie Andy zuvor und presste die Hände gegen den Kopf. Barfuß, nur mit einer dünnen, braunen Hose bekleidet, schlurfte Jack durch den Raum. „Oh Mann, mein Kopf!", brummte er. Nachdem er das Bad aufgesucht hatte, nahm er sich ebenfalls Kaffee und eine Kopfschmerztablette. Er setzte sich neben Chris und legte seinen Arm um sie, bevor er ihr einen Kuss auf die Wange drückte. Offensichtlich störte ihn Andys Anwesenheit nicht. Chris liebkoste Jack und verschwand hernach im Bad. Kurz darauf schloss sie die Schlafzimmertür hinter sich, um sich anzuziehen. Es klingelte. Jack betätigte den Türöffner. Er ließ die Wohnungstür leicht angelehnt, bevor er sich wieder zu Andy setzte und in Ruhe seinen Kaffee schlürfte. Andy war verwundert: „Willst du nicht wissen, wer das ist?" Jack entgegnete schmunzelnd: „Wir wohnen im vierten Stock, ohne Fahrstuhl. Hier kommt nur herauf, wer etwas von uns will. Zudem haben wir uns abgewöhnt zu warten, bis Der- oder Diejenige oben angekommen ist. Das kann mitunter dauern." Andy beobachtete die Tür. In der Tat geschah schier ewig nichts. Endlich kamen Josi und Tim keuchend die Treppe herauf. Eigentlich wollten sie nur den Motorradschlüssel holen. Aber der duftende Kaffee lud zum Verweilen ein. Zudem tat die Pause gut. Josi wollte keine Stufe mehr steigen, zumindest vorerst. Schulle, der kurz darauf eintraf, brachte eine riesige Tüte Brötchen mit. Wer sollte das alles essen? Die Frage erübrigte sich, als keine fünf Minuten danach Alex mit Sarah auftauchte. Wenig später betraten auch Steve und Conny die Wohnung. Teller, Besteck, Schokocreme sowie Wurst und Käse fanden ihren Platz auf dem Tisch. Angenehme Gespräche entwickelten sich. Zwischendrin klingelte mehrfach Jacks Handy. Die Anrufer verabredeten, wie sie an ihre Fahrzeugschlüssel gelangen würden. Die Anwesenden besprachen, was man heute veranstalten könnte. Schnell waren sie sich einig: Eine Motorradfahrt ins Blaue sollte es sein. Andy wollte jedoch nicht mitfahren. Er wolle sparen, denn seine Wohnung müsse noch eingerichtet werden, redete er sich heraus. Momentan besaß er weniger Mobiliar als Jack und Chris. Alle amüsierten sich und zeigten Verständnis. Ehe Andy ging, musste er Jack hoch und heilig versprechen, wieder vorbeizukommen, am besten gleich morgen.

~

Die nächsten Tage ging Andy seiner Arbeit nach und versuchte Chris zu vergessen. Sie war Jacks Lebensgefährtin. „Ich finde andere Freunde in der Stadt", redete er sich ein. Seine Sehnsucht nach Chris wuchs jedoch mit jedem Tag. Wenn er seine Augen schloss, sah er ihr Gesicht, ihr Lächeln. Keine Chance zur

Gegenwehr. Er musste sie wiedersehen. Bis Donnerstag hielt er stand. Dann klingelte er nach der Arbeit an der Eingangstür des Hauses, in dem Jack und Chris wohnten. Am Klingelknopf stand „Jack Wild und Christine Hofmann". Andy grübelte vor sich hin. Was sollte er sagen? Wie sollte er es anfangen? Die Sprechanlage knackte. Es sprach aber niemand. Lediglich der automatische Türöffner brummte. Andy trat in den Flur und stieg die Stufen hinauf. Die Tür zur Dachwohnung stand einen Spalt offen. Eine Stimme drang aus dem Inneren der Wohnung. Unverkennbar Chris. „Halt still, Alfi! Wie soll ich dir die Haare schneiden, wenn du so zappelst?", hörte er sie sagen. Er trat ein mit den Worten: „Hallo zusammen."

Nach dem Schließen der Tür, verschaffte sich Andy erst einmal Überblick über die Lage. Chris hielt Kamm und Schere in der Hand und begrüßte ihn: „Hallo Andy. Jack ist nicht da. Wenn du magst, kannst du auf ihn warten. Ich weiß allerdings nicht, wann er kommt." Sie stand neben Alfi, der auf einem Couchhocker saß. Andy nahm auf dem Sofa Platz und beobachtete das Geschehen. Alfi hatte sein T-Shirt ausgezogen. Somit konnte man seine Tätowierungen auf dem Rücken erkennen. Eigentlich war er gar nicht dick, sondern sehr muskulös. Unruhig wippte er auf dem Hocker herum. Es sah aus, als würde er jeden Moment aufspringen. Abgeschnittene Haare lagen auf dem Boden, neben einem Handtuch. Offenbar war es durch Alfis Zappeln heruntergefallen. Die rechte Kopfseite war bereits geschnitten. Aber die andere bedurfte noch Zuwendung. Alfi wirkte unheimlich nervös und wischte seine Hände fortwährend an der Hose ab. Selbst den Kopf drehte er beim Sprechen immer wieder hin und her. Unmöglich, das Frisieren fortzusetzen. „Es muss eine anständige Frisur werden", meinte er, „gib dir bitte Mühe. Kati ist eine ganz besondere Frau. Ich muss unbedingt einen guten Eindruck machen. Oh Mann, was, wenn es nicht klappt?" Chris hob das Handtuch auf und hängte es um Alfis Schultern. Dabei erklärte sie Andy: „Alfi hat ein Blind Date und will hübsch aussehen. Leider ist er nicht zum Friseur zu bewegen. Hin und wieder schneide ich anderen die Haare. Darum bat er mich zu helfen." Sie wandte sich an Alfi: „Doch so geht es nicht. Du musst stillhalten! Sonst muss ein Profi den Haarschnitt übernehmen. So kannst du nicht unter die Leute gehen. Conny ist Hairstylistin, wie du weißt. Ich würde sie anrufen." Alfi wurde noch unruhiger: „Bloß nicht, dann weiß die ganze Stadt, dass ich jemanden über einen Internetchat kennengelernt habe. Sie werden sich den Mund zerreißen. Oh Mann, ich werde mich bis auf die Knochen blamieren." Es schien, als eskalierte die Situation gleich. Andy griff ein: „Ist die schwarze Moto Guzzi da draußen deine?" „Ja, tolle Maschine, was!?", antwortete Alfi und beruhigte sich ein wenig, „Jack hat mir geholfen sie zusammenzuschrauben und aufzumotzen. Die Goldverzierungen brachte er an. Besser hätte es keiner hinbekommen. Die goldenen Felgen hab ich selber angebaut." Andy hakte nach, wie es dazu gekommen war. Begeistert berichtete Alfi den Werdegang seines Bikes. Der Vorbesitzer der Maschine hatte einen Unfall gehabt. Daher wollte er das Fahrzeug verkaufen. Der Motor war in Ordnung, allerdings hatte es das Vorderrad sowie eine Fußraste und die Verkleidung übel erwischt. Mit Jack zog er umher, vom Trödelmarkt und Händler bis zum Schrottplatz, um Ersatzteile zu finden. Mit jedem Wort über sein Motorrad wurde Alfi entspannter und saß bald ruhig auf dem Hocker. Chris klappte vor Staunen der Unterkiefer herunter. Augenblicklich ergriff sie ihre Chance und schnitt Alfi die restlichen Haare. Zuletzt schmierte sie Gel hinein. Die Frisur erschien Andy gewagt, hinten kurz, darüber und an den Seiten länger, oben unterschiedlich lang. Durch das Gel standen die Deckhaare wild ab. Erstaunlicherweise kleidete es Alfi. Auf einmal konnte man seine stahlblauen Augen erkennen. Vorher hatten die langen Zottelhaare sie verdeckt. Der stabile Mann wirkte gar nicht mehr dick, sondern adrett und sympathisch. Sogleich fing er wieder an herumzurutschen: „Ich werde das Date vermasseln. Ganz bestimmt. Was mache ich nur?" Andy schlug vor zu üben, wie er sich verhalten sollte. „Erstmal ganz ruhig bleiben. Augenkontakt ist wichtig. Sag etwas Nettes", wies Andy ihn ein. Während Chris das Zimmer fegte und aufräumte, begannen beide Männer ein Rollenspiel. Alfi war das reinste Nervenbündel. So aufgeregt, würde seine Verabredung in der Tat schiefgehen können. Andy hatte eine Idee: Alfi sollte an sein Motorrad denken, wenn er merkte, dass er unsicher würde. Sie probierten es. Chris spielte, unbekannterweise, Kati. Das Konzept schien aufzugehen. Zuletzt alberten sie herum. Plötzlich schaute Alfi auf die Uhr: „Oh Mann, ich muss los, sonst komme ich zu spät." Prompt brach er auf. Chris

und Andy wünschten ihm viel Glück. Schon brummte draußen die Moto Guzzi. Ruhe kehrte ein. Nun schaltete Chris das Radio an. Ein Sprecher verkündete gerade das Ende der Nachrichten und erst jetzt wurde Andy bewusst, wie spät es war. Erschrocken meinte er: „Was?! Drei Minuten nach acht? Wie lange haben die Läden auf? Bis 20 Uhr? Oder länger? Verdammt! Es ist zu spät. Ich wollte doch einkaufen. Mein Kühlschrank ist leer!" Chris reagierte gelassen, mit einem Lächeln auf den Lippen: „Tja, du wirst wohl bei uns bleiben müssen, um nicht zu verhungern."
Gemischte Gefühle breiteten sich in Andy aus. Er war mit Chris allein, was ihn insgeheim erfreute. Zugleich empfand er Unbehagen wegen Jack. Was würde passieren, wenn jener käme? Vielleicht verstünde er es falsch? Chris wirkte entspannt. In der Wohnung gab es nirgends einen Fernseher, lediglich das Radio. Gute Gelegenheit, sich zu unterhalten, während sie auf Jack warteten. Andy wunderte sich, wo er so lange blieb. Was war los? Nach einiger Zeit rückte Chris mit der Sprache heraus. Jack hatte die Haushaltskasse geplündert. Er wollte den Verlust ausgleichen mit dem Geld bezahlter Überstunden. Das Gesparte sollte eigentlich für ein neues Bett ausgegeben werden. Am Samstag wäre es soweit gewesen. Nach einigem Zögern gab Chris weitere Details preis. Unerwartet war Robert, ein Bekannter, am letzten Montag aufgetaucht und hatte getan, als sei er der beste Kumpel. Dabei war vor Jahren der Kontakt zu ihm abgebrochen. Robert war ein notorischer Spieler und unberechenbar. Chris hatte gleich befürchtet, dass es einen triftigen Grund für seinen Besuch gab. Er war mal

wieder pleite und wollte sich Geld leihen. Jack vertraute ihm blind. Robert wollte Jacks Gutmütigkeit ausnutzen. Chris hatte Jack gebeten, Robert diesmal nichts zu geben, auch wenn es schwer werden würde, ihn wieder loszuwerden. Mit „heiligem Ehrenwort" versprach Jack, standhaft zu bleiben. Sie wunderte sich daher, dass Robert nicht lange verweilte. Normalerweise zog er nie ohne einen Cent ab. Dennoch hoffte sie das Beste. Einen Tag zuvor hatte Jack ihr allerdings gestanden, dass er Robert einen weiteren Kredit gegeben hatte, die Haushaltskasse. Sie hatten deswegen gestritten. Wie konnte Jack nur so leichtgläubig sein? Er wollte einfach nicht wahrhaben, dass Robert ein falsches Spiel spielte. Sicher würden sie das Geld niemals wiedersehen. Robert hatte sich schon zu oft etwas geborgt und nicht zurückgezahlt.

Nach einer Stunde war Jack immer noch nicht zu Hause. Daher speisten sie zu zweit und warteten weiterhin auf ihn. Erst nach 22 Uhr hörten sie Jacks Maschine vorm Haus. Wenig später betrat er die Wohnung. Er schien todmüde zu sein. Seine Kraft reichte lediglich zum Ausziehen seiner Motorradkleidung und zum Ablegen des Helmes. Den Haken zum Aufhängen des Anzuges verfehlte er jedoch. Nachdem er Chris mit den Worten: „Hallo Süße" einen Kuss aufgedrückt hatte, begrüßte er seinen Gast mit einem müden: „Hi, Andy." Hernach ließ er sich stöhnend auf der Couch nieder. Kaum lag Jack darauf, war er auch schon eingeschlafen. Mit einem Seufzer räumte Chris seine Sachen weg und holte seine Bettdecke aus dem Nebenzimmer. Sie deckte Jack fürsorglich zu. Danach wandte sie sich an Andy: „Tut mir leid, dass es so gelaufen ist. Morgen ist bestimmt ein besserer Tag. Du kannst auf der anderen Seite der Couch schlafen. Ich habe diese Woche Frühschicht und stehe um 5 Uhr auf. Wann soll ich dich wecken?" Überrascht von der Frage entgegnete Andy: „Meine Schicht beginnt um 6 Uhr. Die Klinik, in der ich arbeite, ist nur einen Katzensprung entfernt. Wecke mich einfach, wenn du aufstehst, dann kann ich vorher noch zu meiner Wohnung fahren." „Gut", erwiderte sie, „ich mache gleich belegte Brote für morgen. Jack nimmt immer drei Paar mit. Wie viele möchtest du?" Andy war es unangenehm und er lehnte ab. Aber Chris ließ nicht locker: „Du hast doch gesagt, dass dein Kühlschrank leer ist. Also: Keine falsche Scheu und keine Sorge, wir haben genug zum Essen und Trinken und teilen gern. Die Haushaltskasse enthält lediglich das, was am Monatsende übrig ist oder durch Überstunden verdient wird. Der Club ist relativ groß. Wenn alle zusammenkommen, ist es uns angenehm, wenn jeder etwas mitbringt. Ansonsten ist es kein Problem. Ich will sagen: Wir werden es überleben. Nun, wie viele Brotscheiben sollen es sein?" Andy räusperte sich: „In dem Fall hätte ich gern zwei Paar, sofern es möglich ist." Chris lächelte ihn an: „Okay. Wurst oder Käse?" Nach Andys Wunschäußerung beschäftigte sie sich mit dem Brot. Ihre eigenen Stullen wurden mit Käse, die anderen mit Wurst belegt. Zuletzt packte sie alles in Alufolie. Drei Pakete entstanden, die sie in den Kühlschrank legte. Andy beobachtete sie die ganze Zeit. Er wollte etwas sagen, wusste aber nicht recht was. Nur nichts Dummes von sich geben. Sein Blick fiel auf den schlafenden Jack.

Da Andy ihn keinesfalls aufwecken wollte, blieb er lieber still. Chris klappte die freie Seite der Couch hoch. Ein Fach kam zum Vorschein. Sie entnahm Bettzeug und bereitete im Nu Andys Nachtlager vor. Mit den Worten: „Zahnbürste und Handtücher findest du im Bad, ebenso Rasierzeug. Nimm dir was du brauchst", drückte Chris ihm die Bettdecke in die Hand. „Gute Nacht, Andy."

Andy machte es sich auf dem Sofa gemütlich. Es war bequemer als erwartet. Jack bemerkte anscheinend nichts um sich herum, obgleich er sich einige Male umdrehte. Erstaunlicherweise schlief Andy diese Nacht ausgezeichnet. Plötzlich rüttelte ihn jemand an den Schultern und flüsterte in sein Ohr: „Aufstehen, Andy!" Er schreckte hoch. Chris. Sie legte einen Finger auf ihre Lippen und wies mit dem Kopf zu Jack, welcher noch schlief. Es duftete bereits nach Kaffee. Andy sprang auf und verweilte kurz im Bad. Als er herauskam, war das Bettzeug bereits weggeräumt. Sie stellte eben einen Wecker in einen großen Topf direkt neben Jack. „Sonst wacht Jack nicht auf. Das Geräusch eines Weckers kann er sehr gut überhören", erklärte sie Andy leise. Das Frühstück sowie den Kaffee nahmen sie im Stehen zu sich. Chris' Blick streifte ihre Armbanduhr: „Oh, ich muss los. Höchste Zeit!" Rasch färbte sie ihre Lippen. Das Dunkelrot passte ausgezeichnet zu ihrer vanillegelben Bluse und der schwarzen Jeans. Dann schrieb Chris auf einen Klebezettel „Brote sind im Kühlschrank" und drückte ihre Lippen darauf. Ihr Lippenstift färbte ab, ein Kussmund entstand. Den Zettel heftete sie gut sichtbar an die Kaffeemaschine. Anschließend wartete sie an der Wohnungstür. Zu spät begriff Andy, dass Chris mit ihm zusammen das Haus verlassen wollte. Andy war noch nicht startklar. Beim nächsten Prüfen der Zeit wurde sie daher hektisch: „Hoffentlich schaffe ich die S-Bahn noch. Die Fahrt bis zum Tannengrund dauert fünfzig Minuten. Mit der nächsten S-Bahn komme ich zu spät." Spontan reagierte Andy: „Du kannst mein Motorrad nehmen. Die Klinik ist nicht weit. Ich laufe." Chris hielt inne, erwiderte jedoch: „Das geht nicht. Ich habe keinen Führerschein." Dies überraschte Andy völlig, zumal er sie auf der Rennstrecke hatte fahren sehen. Eines Tages würde sie sicher auch einen Führerschein haben, meinte sie. Momentan gab es Wichtigeres. „Dann bringe ich dich hin. Den Tannengrund kenne ich. Er ist zwei Blocks von meiner Wohnung entfernt. Das passt mir sogar sehr gut. Du weißt doch, ich wollte sowieso dorthin. Es ist kein Umweg und ich kann mir vor der Arbeit noch frische Sachen anziehen", fuhr Andy fort. Chris protestierte, aber Andy blieb hartnäckig. „Mit dem Motorrad dauert die Fahrt keine zwanzig Minuten. Wir schaffen es beide pünktlich zur Arbeit." Sie sah auf die Uhr und atmete tief durch: „Na gut." Darauf ergriff Chris ihren Sturzhelm. Ein Stein fiel von Andys Herz. Sein Stullenpaket steckte er rasch ein. Dann stiegen beide zügig die Treppen herunter. Andy startete seine Maschine. Chris setzte sich auf den Rücksitz. Vorsichtig legte sie ihre Hände um seinen Bauch. Viel zu locker! Sie würde sich richtig festhalten müssen, anderenfalls fiele sie herunter, sobald er Gas gab. Andy überlegte, was zu tun sei. Kurzerhand bediente er sich eines Tricks. Sacht fuhr er an und bremste scharf. Ruckartig rutschte Chris dicht an ihn heran. Ihre Arme umklammerten ihn nun fest. Es fühlte sich gut an. Chris fühlte sich gut an. Andy gab Gas, ehe sie wieder loslassen konnte. Bald bog er auf die Schnellstraße ein. Die Yamaha fegte über den Asphalt. Keine zwanzig Minuten später erreichten sie den Tannengrund. Hier gab es nur einen einzigen, riesigen Firmenkomplex – „Business Solution". Andy stoppte vor dem Haupteingang. Chris stieg vom Motorrad und nahm den Helm ab. Andy klappte das Visier hoch: „Ich kann dich auch wieder abholen, wenn du magst." „Besser nicht", entgegnete Chris, „ich weiß nie, wann Feierabend ist. Außerdem habe ich eine S-Bahn-Monatskarte. Danke fürs Herbringen." Wenigstens gelang es Andy, Chris zu überzeugen, ihm ihren Helm mitzugeben. „Zu unhandlich in der S-Bahn", schien der Schlüssel dazu gewesen zu sein. „Ich bringe ihn heute Abend vorbei", versprach er. Sie lächelte schüchtern und entschwand augenblicklich in der Eingangshalle der Firma. Mit gutem Gefühl fuhr Andy los. Er hatte einen triftigen Grund, Chris wiederzusehen. Heute Abend.

~

Als er nach der Arbeit in die Conrad-Wolf-Straße einbog, traute er seinen Augen kaum. Unzählige Motorräder parkten links und rechts auf der Straße. Ein Auto hätte nicht mehr hindurchgepasst. Er fand kaum Platz für sein Bike. Nach dem Klingeln an der Haustür summte der Türöffner wie gewohnt. Andy stieg die Treppe hinauf, Chris' Motorradhelm in der Hand. Stimmengewirr hallte durch den Aufgang, welches bei jeder Stufe lauter wurde. Eindeutig kam es aus der Dachwohnung. Alex stand oben an der offenen Wohnungstür. Offensichtlich hatte er den Türöffner betätigt und war gespannt, wer heraufkommen würde. Er schien erfreut, dass es Andy war. Sein Blick fiel auf Chris' Helm. Sofort brüllte Alex mitten in das laute Stimmengewirr: „Hey Chris! Es ist Andy. Jetzt kannst du doch noch mitkommen." Aber sie hörte es nicht. Zu laut ringsum. Alex zog Andy am Arm in die Wohnung und schob ihn durch die Menge. In den beiden Räumen befanden sich unfassbar viele Leute, die sich unterhielten oder telefonierten. Kein Platz zum Sitzen – nicht einmal zum Stehen. Die Motorradkluft verriet, dass dies die Fahrer der Bikes waren, die unten auf der Straße parkten. Chris entdeckten sie im Schlafzimmer. Zur Wand gedreht hielt sie sich ein Ohr zu. An das andere drückte sie ihr Handy. Einige Anwesende riefen Namen in den Raum und ob er oder sie kommen könnten. Was für ein Chaos! Bei Chris angekommen, legte sie gerade auf und wandte sich ihnen zu. „Hallo Andy", rief sie erfreut, und „Jack ist noch bei der Arbeit." Alex schrie erneut: „Andy hat deinen Helm gebracht. Jetzt kannst du auch mitkommen. Er nimmt dich bestimmt mit." „Klar", entgegnete Andy kopfnickend, obwohl er nicht wusste, worum es ging. Jemand drückte gegen seine Schulter und zwängte sich hindurch. Tim. „Ralf und seine Brüder stoßen unterwegs dazu. Er meinte, sie hätten alles dabei!", brüllte er. „Gut!", schrie Chris, „Tim! Herr Büchner ist jetzt angekommen. Er wartet an der Schule auf uns." Tim erwiderte: „Prima, dann los!" Alex steckte augenblicklich seine Finger in den Mund. Ein schriller Pfiff folgte. Die Menge verstummte kurz und schenkte ihm Aufmerksamkeit. „Alle mal herhören!", wies Alex an, „es geht los! Wir fahren in einer Kolonne. Tim fährt vorneweg. Treffpunkt ist die Schule in der Berliner Straße, wie besprochen. Danach geht es zu „Tonis Stübchen"." Augenblicklich drängten sich die Leute plaudernd durch die Wohnungstür in den Treppenaufgang. Unten angekommen, verteilten sie sich auf die Motorräder und starteten ihre Maschinen. Unglaublicher Lärm erfüllte die Luft. Chris hatte Andy am Arm zurückgehalten und zuletzt die Wohnung abgeschlossen, nachdem alle draußen waren. Auf dem Weg nach unten erklärte sie ihm die Lage. Josi hatte Geburtstag und Tim wollte ihr ein ausgefallenes Geschenk bereiten, einen Heiratsantrag. Natürlich sollte es auf besondere Art geschehen, mit viel Unterstützung der Motorrad-Clique. Allerdings war ihm dies spontan eingefallen, daher hatte er nichts organisiert. Er hoffte, Chris würde helfen. Einige Telefonate genügten. Im Club kannte jeder jemanden, der wiederum einen kannte. Die Menschenansammlung war das Ergebnis. Dank der Beziehungen einiger von ihnen konnte kurzfristig eine Gaststätte und eine Band gebucht werden. Fehlte nur noch die Klärung bei Josis Arbeitsstelle. Eine Vertretung musste her. Josi arbeitete als Lehrerin einer Institution für Erwachsenenweiterbildung. Ihr heutiger Lehrgang begann um 15 Uhr. Sie hatte nicht die leiseste Ahnung von dem, was ihr gleich bevorstehen würde. Ihr Chef, Herr Büchner, fand das Vorhaben so toll, dass er Josi für den Rest des Tages freigeben und ihre Stunden übernehmen wollte. Er musste vorher nur noch etwas Privates erledigen. Die Akteure warteten somit auf sein Zeichen. Jetzt konnte es endlich losgehen. Bevor Chris und Andy die Haustür erreichten, schaute eine sehr gepflegte, ältere Dame auf einen Gehstock gestützt aus einer Wohnungstür des Erdgeschosses. Ihre silbernen Locken waren akkurat frisiert. „Du meine Güte! Chris, was ist denn heute los? So viele Menschen und so ein Krach!", meinte sie. „Machen Sie sich keine Sorgen, Frau Lüttich. Wir bereiten jemandem eine Überraschung", antwortete Chris, „und keine Bange, die Menschenmasse kommt nicht zurück. Ich besuche Sie morgen und werde jedes Detail berichten. Jetzt müssen wir los." Im selben Atemzug zog Chris Andy mit sich Richtung Ausgang. Die Frau freute sich und winkte hinterher. Auf der Straße formierten sich die Bikes zu einer Kolonne. Tim führte sie an. An seinem Fahrzeug waren zwei Motorradkoffer angebracht. Es verstärkte immens die optische Wirkung eines Anführers. Die anderen Fahrer reihten sich ein. Ein beeindruckendes Bild. Die Maschinen dröhnten. Andy setzte seinen Helm auf und Chris stieg zu ihm auf den Sozius. Diesmal hielt sie sich gleich richtig fest. Seine Yamaha ordnete er am Ende der Gruppe ein. Sie fuhren gesittet und relativ langsam. Auf ihrem Weg gesellten sich weitere Biker dazu. Schließlich bogen sie in eine breite Straße ein. Tim hielt direkt vor einem modernen, hellgrünen Gebäude. Die Kolonne und der Motorenlärm hatten eindeutig Aufmerksamkeit erregt, denn an den großen Fenstern schauten neugierig Leute heraus. Der Fahrer hinter Tim sprang augenblicklich ab und zückte einen Fotoapparat. Hektisch knipste er das Geschehen und die Leute. Die anderen bildeten einen

Halbkreis um Tim. Es waren inzwischen so viele, dass sie mehrere Reihen bilden mussten. Die meisten blieben sitzen. Einige Beifahrer stiegen ab, so auch Chris. Sie stellte sich neben Andy und nahm ihren Helm ab. Offenbar versuchte sie ihm etwas zu erklären. Doch er verstand nichts, des Helmes und der Motorengeräusche wegen. Eigentlich genügte ihr Blick. Er sagte mehr, als Worte es hätten tun können. Sie wirkte wie ein Kind, das an Weihnachten ungeduldig auf sein Geschenk wartete. Schließlich setzte auch Andy seinen Helm ab. Er wollte hören, was sie sprach. Allerdings vernahm er anstelle dessen das plötzliche Quietschen von Fahrzeugbremsen. Am Rande des Halbkreises aus Motorrädern hielt ein Transporter und drei Männer sprangen heraus. Es schienen Drillinge zu sein, so ähnlich sahen sie einander. Sofort luden sie eine riesige Kiste aus und machten sich daran zu schaffen. Zuletzt stellten sie das Behältnis vor Tims Krad. Einer der drei wurde mit Ralf angesprochen. Etliche Anwesende entnahmen dem Transporter weitere Gegenstände und verteilten sie. Schilder mit dem Text „Happy Birthday" und andere mit aufgemalten Herzen fanden jemanden, der sie hochhielt. Ein Banner wurde ausgerollt mit der Aufschrift „Josi, ich liebe dich." Ralf ergriff eine Kamera, mit der er die Ereignisse aufnahm. Tim zog seinen Motorradanzug aus. Ein schwarzer Smoking kam zum Vorschein. Dieser war zwar zerknittert, trotzdem sah Tim darin wie ein Bräutigam aus. Hastig stopfte er die Motorradkluft in einen Koffer seines Krads. Am Ende kletterte er auf den Sitz des Motorrades. Augenblicklich begann ein Hupkonzert ohnegleichen. Chris hielt sich die Ohren zu, ebenso wie Andy. Tim brüllte los: „Josi, wo bist du? Liebe meines Lebens! Zeig dich!" Eigentlich war er in dem Lärm kaum zu hören. An einem geöffneten Fenster gerieten Menschen in Bewegung. Sie schoben eine Frau heran. Josi. Das Hupkonzert brach ab, als Tim die Hand hob. Josi traute ihren Augen kaum. „Tim? Was macht ihr alle hier?", rief sie. Voller Freude hielt sie sich den Mund zu, denn sie erkannte, was die Versammlung bedeutete. Mit ernster Stimme sprach Tim: „Josi, meine Liebste. Ohne dich ist das Leben wie eine Wüste. Nur durch dich wird es lebenswert. Darum möchte ich dich heute, an deinem Geburtstag, bitten, meine Frau zu werden. Josi, willst du mich heiraten?" Sichtlich gerührt schrie sie: „Ja, ich will, du verrückter Kerl!" Die Menschen jubelten und klatschten Beifall. Herr Büchner hatte sich neben Tim platziert und rief: „Frau Wagner, nun kommen Sie schon herunter. Sie haben den Rest des Tages frei. Ich übernehme Ihre Stunden." Erneut setzte ein Hupkonzert ein. Josi verschwand vom Fenster. Einen Moment später kam sie zur Tür herausgerannt und stürmte auf Tim zu. Er sprang vom Motorrad und empfing sie mit offenen Armen. Heiß und innig küssten sich beide. Tosender Applaus umgab sie. Als sich das traute Paar voneinander löste, wurde die Kiste geöffnet. Rote Luftballons stiegen gen Himmel. Josi wirkte überglücklich. Sie schaute den Ballons hinterher, juchzte und hüpfte vor Freude. Erneut fiel sie Tim, der sie festhielt, um den Hals.

Nachdem Tim Josis Helm aus dem zweiten Koffer seines Fahrzeugs geholt hatte, setzte er sich auf sein

Motorrad. Sogleich brummte der Motor. Josi nahm hinter ihm Platz. Die anderen folgten dem Beispiel. Andy startete ebenfalls seine Maschine und winkte Chris, aufzusteigen. Sie stülpte sich den Helm über und schwang sich auf seine Yamaha. Die Kolonne fuhr langsam und hupend die Straße entlang. Das Schlusslicht bildete der Transporter. Josi schwenkte fortwährend einen Arm. Ihr Weg endete am Rande der Stadt in einem ländlichen Biergarten, „Tonis Stübchen" prangte über dem Eingang. Ein bunt geschmückter Garten bot sich ihnen dar. Sehr gemütlich. Eine Band begann zu spielen, als Tim und Josi das Gelände betraten. Es gab reichlich Essen und Getränke. Bald wurde getanzt. Der Fotograf flitzte umher und hielt nahezu alles im Bild fest. Ralf nebst Kamera begleitete Tim und Josi auf Schritt und Tritt. Andy und Chris hielten sich vom größten Getümmel fern. Beide suchten sich einen ruhigeren Tisch am Rande des Biergartens aus. Sie beobachteten das Geschehen. Überall fröhliche Menschen. Andy interessierten die Gäste allerdings weniger. Vielmehr sehnte er sich danach, Chris im Arm zu halten. Sie schaute zu den anderen und freute sich für das verliebte Paar, Josi und Tim. Unerwartet tauchte Tim auf und drückte Chris: „Danke fürs Organisieren und den besten Tag meines Lebens. Das hätte ich allein nie geschafft." Sie entgegnete lachend: „Warte nur, bis die Rechnung kommt!" Tim antwortete: „Egal. Das war es mir wert." Die Band unterbrach ihr Spiel. Der Frontsänger sprach in sein Mikrofon: „Nun hört ihr einen speziellen Song für unser Paar, das sich traut, sich zu trauen – Josi und Tim. Natürlich ein Lied fürs Herz." Tim eilte zur Tanzfläche und nahm Josi in seine Arme. Die Musik setzte ein. Eng umschlungen bewegten sich beide zur Musik. Die Anwesenden bildeten einen Kreis um sie. Kurzerhand taten sie es den beiden gleich. Wer einen Partner hatte, tanzte. Endlich eine Gelegenheit, Chris näher zu kommen. Andy stellte sich vor sie und bot seinen Arm an: „Darf ich bitten?" Mit strahlenden Augen antwortete sie: „Gern." Sie hakte sich ein. Beide bahnten sich einen Weg durch die Menge. An einer freien Stelle der Tanzfläche angekommen, wandte sich Andy Chris zu und öffnete seine Arme, damit sie sich anschmiegen konnte. Sie zögerte allerdings einen Moment, sich ihm hinzugeben. Offensichtlich hatte sie nicht damit gerechnet, dass Andy so eng mit ihr tanzen wollte. Zweifel kamen in ihm auf. Tat Andy recht daran, sie derart aufzufordern? Was würde sie jetzt tun? Nur seine Hand ergreifen oder gar gehen? Ihre Blicke trafen sich. Chris schenkte ihm ein schüchternes Lächeln. Zaghaft trat sie dicht an Andy heran. Ihre Hände berührten vorsichtig seine Brust. Langsam fuhren sie hinauf bis zu seinem Nacken. Schließlich lehnte sie sich an ihn. Er umfasste sie behutsam. Sie zu spüren tat gut. Ihr Herz raste förmlich. Empfand sie vielleicht doch etwas für ihn? Andy drückte sie fester an sich. Auf diese Art müsste sie auch seinen erhöhten Herzschlag bemerken. Was für ein wunderbares Gefühl! Am liebsten hätte er sie nie wieder losgelassen. Aber sie würden nicht ewig so stehen bleiben können. Eigentlich wollten sie tanzen. Womöglich würde Chris ihn wieder loslassen. Langsam bewegte er sich von einem Fuß zum anderen, im Takt der Musik.

Der glückliche Augenblick währte allerdings nur kurz. Jemand legte seine Arme um sie beide mit den Worten: „Na, ihr zwei!", Jack. Chris löste sich sofort von Andy. „Danke Kumpel, dass du dich um meinen Engel gekümmert hast", meinte Jack gut gelaunt und klopfte ihm kameradschaftlich auf die Schulter, „ab jetzt übernehme ich wieder." Er schlang seine Arme um ihre Hüfte. Während er sie hochhob, drehte er sich mehrfach mit ihr und entfernte sich dabei von Andy. Beim Absetzen drückte er ihr einen Kuss auf. „Hey Tim! Josi! Lasst mich euch beglückwünschen!", rief Jack und zog Chris an der Hand mit sich. Schon tauchten sie in der Menge unter. Andy blieb wie versteinert stehen. Erst als ihn jemand aus Versehen rempelte, besann er sich. Verdammt! Chris war Jacks Freundin. Machte er sich wirklich Hoffnung? Nein, das mit Chris hatte keine Zukunft. Er nahm seinen Helm und verschwand. Keinen Kontakt mehr, schwor er sich. Keine Frauengeschichten!

~

Die nächsten Tage versuchte Andy, Chris zu vergessen. Allerdings klingelte wiederholt sein Handy. Die Telefonnummer kannte er. Es war Jacks Nummer. Andy drückte den Anruf weg, denn er wollte nicht mit Jack reden. Bestimmt war ihm das Knistern zwischen Chris und Andy aufgefallen. Sicher hatte ihm missfallen, dass Andy so eng mit ihr tanzte. An seiner statt wäre Andy schrecklich eifersüchtig gewesen und hätte mit seinem Rivalen ein klärendes Gespräch gesucht. Garantiert hatte Jack dies auch vor. Dieser Konfrontation wollte Andy aus dem Weg gehen.

Am folgenden Freitag klingelte es erneut, diesmal war die Nummer unterdrückt. Wer mochte das sein? Hoffentlich war nichts mit seiner Mutter oder seinem Bruder. Diese hatten sich in den letzten Tagen nicht gemeldet. Vielleicht war etwas Schlimmes geschehen? Ein Unfall? Krankheit? Andy nahm ab. Jacks Stimme erklang am anderen Ende. Freudig erklärte er Andy, dass er den neuesten Motorradzubehörkatalog ergattert hatte. Es wäre auch für seine Maschine einiges dabei. Die ganze Woche hätte er schon versucht ihn zu erreichen. Andy müsse sich das unbedingt ansehen und zwar auf der Stelle. Was nun? Andy versuchte eine Ausrede zu finden, doch Jack blieb beharrlich. Jedwede Gegenrede seitens Andys wehrte er ab. Am Ende fuhr Andy doch in die Conrad-Wolf-Straße. Mit ungutem Gefühl klingelte er an der Haustür. Wie die letzten Male brummte lediglich der Türöffner. Andy stieg die Stufen hinauf. Oben wartete Jack bereits ungeduldig an der Wohnungstür. „Hallo Andy", begrüßte Jack ihn, „Mann, was war neulich nur los mit dir? Du warst plötzlich verschwunden, ohne ein Wort. Geht's dir auch wirklich gut?" Er legte seinen Arm um Andys Schulter und führte ihn ins Innere der Wohnung mit den Worten: „Komm rein, Kumpel. Magst du etwas trinken?" Ohne auf eine Antwort zu warten, drückte Jack ihm eine geöffnete Flasche Cola in die Hand. Andy wusste nicht was er sagen sollte. Er hatte angenommen, dass Jack eifersüchtig sein würde und befürchtete eine Aussprache. Falsch gedacht! Sogleich überflutete Jack ihn mit den Informationen und Angeboten aus dem Zubehörkatalog. Er schien besessen von den neuen Artikeln und blätterte Andy die Seiten auf. Dessen Blick schweifte umher. Chris war nirgends zu sehen. Dafür lagen Jacks Sachen am Boden verstreut und der Abwasch türmte sich in der Spüle auf. „Was ist bei euch los? Sonst ist alles aufgeräumt. Habt ihr euch getrennt?", fragte Andy direkt. Jack lachte: „Guter Witz. Nein, im Ernst: Chris hat Spätdienst. Sie kommt frühestens um 23 Uhr. Bis dahin räume ich schon auf. Es ist noch genug Zeit. Vorhin waren Ralf und seine Brüder hier. Ihre Mama hat ihnen die leckersten Rouladen der Stadt gekocht. Wie immer viel zu viel. Den großen Topf voll haben wir zu viert kaum geschafft. Zwei Stunden früher und du hättest eine abbekommen." Jack war unheimlich gut drauf. Hatte er Andys Gefühle für Chris nicht bemerkt? Oder war er sich seiner Sache so sicher? Wenn Andy es sich recht überlegte, war ihm selbst auch nie aufgefallen, dass seine Ex einen Liebhaber hatte. Wie auch immer, Jack vertiefte sich mit Andy in den Katalog. Auf die Cola folgte Bier. Andy wusste nicht, wie ihm geschah. Ihm wurde mit einem Schlag klar, dass er über Nacht bleiben sollte. Das wollte er eigentlich gar nicht. Was sollte er tun? Er stellte sich vor, wie es sein würde, wenn Chris von der Arbeit käme. Wie würde sie reagieren? Beim Umsehen wurde ihm unwohl. Wahrscheinlich würde Chris Schlechtes von ihnen denken. Schließlich saßen zwei Männer gemütlich im Chaos und tranken genüsslich Bier. Keinen störte scheinbar die Unordnung. Dabei wollte Andy nicht den Eindruck hinterlassen, schlampig zu sein. Bei ihm zu Hause herrschte Reinlichkeit. Stand es ihm zu, Jack ans Aufräumen zu erinnern? Wohl eher nicht. Andy war der Gast.

Irgendwann musste er zur Toilette. Auf dem Weg hob Andy, wie selbstverständlich, Jacks Sachen vom Boden auf und steckte sie in den Wäschekorb im Bad. Es war so leicht aufzuräumen, wenige Handgriffe genügten.

Die Hitze in der Dachwohnung machte ihnen zu schaffen. Selbst nachts kühlte es sich nur geringfügig ab. Jack litt heute besonders stark darunter. Das T-Shirt ausziehen, brachte keine Besserung. Letztlich stieg Jack unter die Dusche. Sein Angebot stand, dass Andy jederzeit auch duschen könne, Handtücher gäbe es genug. Aber Andy mochte nicht. Er wartete lieber im Wohnzimmer, während Jack sich erfrischte. Bald konnte Andy den Anblick des Berges schmutzigen Geschirrs nicht länger ertragen. Wenn Chris von der Arbeit kommen würde, hätte sie vermutlich keine Kraft mehr abzuwaschen. Kurzerhand ließ er Wasser und Spülmittel ins Becken. Da kein Platz zum Abstellen war, trocknete er das Geschirr gleich ab und verstaute es im Küchenschrank. Als Jack aus dem Bad kam, staunte er, sagte jedoch nichts weiter dazu. Er ergriff ebenfalls ein Geschirrtuch und half beim Abtrocknen. Munter redeten sie über dies und das. Danach stellten sie Brot und Wurst auf den Tisch und was sich sonst noch an Essbarem im Kühlschrank befand. Die befürchtete Aussprache schien nicht mehr zu erfolgen. Daher entspannte sich Andy. Vergnügt aßen beide Männer und sprachen über Allerlei. Schließlich legte Andy eine Scheibe Brot, die er bereits mit Käse belegt hatte, auf einen separaten Teller. Er garnierte sie mit Gurke und Tomate. Jack verstummte auf einmal und beobachtete Andy. „Für wen ist das?", fragte er unverblümt. „Natürlich für Chris", antwortete Andy spontan, „sie wird hungrig sein, wenn sie von der Arbeit kommt. Oder nicht?" Andy wurde mulmig zumute und er spürte, wie sein Hals trockener wurde. Jetzt käme es: Die Eifersuchtsszene und der Rausschmiss. Jack ließ sich gegen die Rückenlehne der Couch fallen und visierte Andy an. Dieser rechnete nun mit dem Schlimmsten. Etwas in der Art: „Lass Chris in Ruhe." oder „Sie gehört zu mir." Überraschenderweise entgegnete ihm Jack: „Andy, du bist die perfekte Hausfrau. Jemand wie du fehlte in unserem bisherigen Leben. Dir ist schon klar, dass du bei uns einziehen musst?" Andy bemühte sich, natürlich zu lachen. Sicher scherzte Jack. Aber jener blieb ernst. Jack meinte es tatsächlich so, wie er es sagte. Ein flaues Gefühl breitete sich in Andys Magen aus. Wie kam er nur aus dieser Situation wieder heraus? Zum Glück ging die Tür auf. Chris kehrte von der Arbeit heim. Jack sprang auf: „Hallo Süße", und nahm sie in den Arm. Man sah Chris die Müdigkeit an. Sie schien verwundert über die aufgeräumte Wohnung und den erledigten Abwasch. Offenbar hatte ihr jemand von Rouladen erzählt, die es gegeben haben sollte. Ungläubig beäugte sie die Spüle. Eindeutig hatte sie Unmengen an schmutzigem Geschirr erwartet. Erfreulicherweise stand alles gereinigt im Küchenschrank. Jack berichtete, dass es Andys Verdienst war und drückte ihr den Teller mit dem Käsebrot in die Hand. „Das hat er extra für dich gemacht", betonte Jack. Sprachlos sah sie sich die Brotscheibe nebst Garnierung an, als wäre es ein seltenes Kunstwerk. Offensichtlich vermochte sie kaum zu fassen, dass jemand an ihr Wohl gedacht hatte. Lange schaute sie Andy an, ehe sie sich setzte. Er wurde beinahe verlegen. Ein Lächeln legte sich auf ihre Lippen.

Chris genoss jeden Bissen. Andy beobachtete sie. Ihm wurde immer mehr bewusst, wie sehr er sie liebte. Jack saß zwischen ihnen und redete unterdessen wie ein Wasserfall. Zweifellos bemerkte er nicht, dass ihm niemand zuhörte. Als Chris aufgegessen hatte, beschlossen sie sich schlafen zu legen. Für Andy wurde wieder die Couch zurechtgemacht. Bevor er einschlief, haderte er mit sich. Warum war er nur hergekommen und hiergeblieben? Chris würde sich bestimmt nicht von Jack trennen. Beide führten eindeutig eine glückliche Beziehung. Niemand entschloss sich in einer derartigen Lage, mit jemand anderem zusammen zu sein, den man kaum kannte. Außerdem wäre es Jack gegenüber unfair gewesen. Jack war ein prima Kerl. Dem nimmt man nicht die Freundin weg. Andererseits mochte Andy auch nicht auf Chris verzichten. Sie würde sich entscheiden müssen – Andy oder Jack. Aber: Empfand sie überhaupt Liebe für Andy? Vielleicht stellte sich die Frage nach der Entscheidung gar nicht? Was für eine verfahrene Situation! Wie sollte das bloß enden? Er nahm sich vor, gleich bei Sonnenaufgang zu verschwinden.

Am nächsten Morgen kam Andy jedoch nicht dazu. Als hätte Jack es geahnt, stand er vor allen auf und kochte Kaffee. Wie er behauptete, hatte er Kopfschmerzen gehabt und daher nicht mehr schlafen können. Jack bestand darauf, dass Andy ihn und Chris bei einem Ausflug zum See begleitete. Schließlich wäre er neu in der Stadt und müsste die Gegend kennenlernen. Argumente kannte Jack mehr als genug. Keine Chance, abzulehnen. Selbst die Ausrede einer fehlenden Badehose half nicht – Jack besaß mehrere. Die Größe der Männer war identisch. Also gab Andy nach. Bestimmt bot sich später eine Möglichkeit, sich abzusetzen, redete sich Andy ein.

Nach dem Frühstück packte Chris Handtücher und Badesachen für jeden in einen Rucksack. Zuletzt füllte sie eine Picknicktasche, die sie später nebst einer Liegedecke am Motorrad befestigten. Dann starteten sie die Tour. Chris fuhr selbstverständlich mit Jack. Die beiden Maschinen fegten über die Straßen. Ideal, um seine Gedanken abzuschalten und den Moment zu genießen. Herrliche Gegend. Strahlender Sonnenschein. Was hätte es bei diesem Wetter Schöneres geben können, als einen Badeausflug? Jack kannte in der Tat eine idyllische Stelle, an der sich zudem kaum Leute aufhielten. Der befestigte Weg führte bis knapp einhundert Meter ans Wasser heran. Rundherum satter, grüner Rasen und Bäume, die Schatten spendeten. Der See schimmerte silbern im Sonnenlicht. Jack breitete ihre Decke auf dem Rasen aus, nahe den Fahrzeugen. Ein grüner Bikini kam unter Chris' T-Shirt und Shorts zum Vorschein. Die Männer mussten sich erst noch umziehen. Daran hätten sie auch eher gedacht haben können. Hernach stürzten sie sich ins Wasser und bespritzten sich vergnügt. Das kühle Nass tat gut. Jack und Andy schwammen bald auf den See hinaus. Chris mochte nicht – sie sonnte sich lieber. Ein Wettschwimmen entbrannte zwischen den Männern. Natürlich gewann Jack, selbst auf dem Rückweg. Andy machte es nichts aus. So viel Spaß hatte er schon lange nicht mehr gehabt. Am Ufer angekommen, wies Jack mit dem Kopf zu Chris und nahm Wasser in seine Hände. Andy ahnte, was er plante und tat es ihm gleich. Beide pirschten sich an Chris heran und gossen zugleich das Wasser über sie. Mit einem Schreckensschrei sprang sie auf. „Na wartet, ihr beide!", rief sie. Lachend stürzte sie sich auf die Männer. Jack und Andy griffen gleichzeitig zu und rissen sie mit sich um. Sie landeten auf der Decke. Nun lagen beide Männer in Chris Armen, Andy links und Jack rechts. Andy genoss den Augenblick und das Gefühl, sie hautnah zu spüren. Jack schien es nichts auszumachen. Er drehte sich auf den Rücken und zeigte gen Himmel: „Habt ihr das gesehen? Ein fauchender Drache, oder was meint ihr?" Andy bestätigte dies. Sie beobachteten die Wolken, die am Himmel vorbeizogen und versuchten zu erraten, was sie darstellen könnten.

Die Zeit verging wie im Flug. Der Inhalt der Picknicktasche wurde aufgegessen. Am Nachmittag schlug Jack vor, bei einer bestimmten Eisdiele anzuhalten, welche auf halber Strecke des Heimweges lag. Als sie angezogen waren und alles eingepackt hatten, presste Jack plötzlich die Hände gegen seinen Kopf und krümmte sich kurz vor Schmerz. Er stöhnte einen Moment. Augenblicklich ergriff er seinen Helm. Ihn aufsetzen, sein Motorrad starten und losfahren war eins. Chris ließ fallen, was sie gerade in der Hand hielt und starrte hinterher. Sie rang nach Luft. Andy war irritiert. Was war das für eine Aktion? Wo wollte Jack hin? Unfassbar: Jack hatte Chris einfach zurückgelassen! Was musste jetzt in ihr vorgehen? Andy berührte sie vorsichtig am Arm: „Alles in Ordnung mit dir?" Sie flüsterte: „So schlimm waren seine Kopfschmerzen noch nie!" Als Chris seine Verwunderung bemerkte, erklärte sie: „Jack hat immer öfter fürchterliche Kopfschmerzattacken. Er sagt, dass sie beim schnellen Motorradfahren besser würden. Bislang waren seine Schmerzen noch nie so stark, dass er ohne mich gefahren wäre." Nach einer Pause fügte sie hinzu: „Seine Mutter ist an einem Hirntumor gestorben, musst du wissen. Ich habe schon alles versucht, ihn zum Arztbesuch zu bewegen. Aber Jack ist bei diesem Thema stur. Andy, ich hab solche Angst, dass Jack auch Krebs hat." Andy verschlug es die Sprache über ihre Reaktion. Keine Hysterie! Kein Vorwurf. Jede andere Frau wäre in einer derartigen Situation ausgerastet, sie hingegen sorgte sich um Jack. Beinahe verzweifelt fuhr sie fort: „Andy, du bist doch Krankenpfleger. Kannst du mit ihm reden? Jack mag dich. Auf dich hört er bestimmt." Sie wirkte hilflos. Andy versprach, bei nächster Gelegenheit mit Jack zu reden. Chris griff zum Telefon. Jacks Handy war jedoch ausgeschaltet, daher wurde sie nervös: „Hoffentlich ist ihm nichts passiert." „Wahrscheinlich ist bloß der Akku seines Handys leer", munterte Andy sie auf, „komm, wir fahren zu euch. Sicher ist Jack dort." Im Nu war alles verladen. Auf ihrem Weg stoppten sie bei der Eisdiele, um dort nach Jack zu sehen. Leider Fehlanzeige. Weder im Eiscafé noch zu Hause fanden sie ihn. Sie warteten in ihrer Wohnung, aber er kam nicht. Chris wurde von Minute zu Minute unruhiger und lief fortwährend im Wohnzimmer auf und ab.

Andy konnte sie kaum beruhigen. Unmöglich, Chris jetzt allein zu lassen. Plötzlich schoss ihm durch den Kopf, dass sein Vorhaben, sich zu verdrücken, eindeutig gescheitert war. Unentwegt redete er auf sie ein: „Es ist bestimmt alles in Ordnung. Jack wird bald kommen. Du wirst sehen." Es half nichts. Völlig aufgelöst begann Chris am Abend zu telefonieren. Mit jedem, den sie kannte, nahm sie Kontakt auf und fragte, ob er oder sie Jack gesehen hätte. Ein Adressbuch, welches unglaublich viele Namen und Telefonnummern enthielt, ging sie der Reihe nach durch. Zwischendrin musste das Handy ans Ladekabel gesteckt werden. Jeder Angerufene musste versprechen sich sofort zu melden, wenn er oder sie eine Information über Jacks Aufenthaltsort erlangen würde. Selbst Andy versuchte wiederholt Jack per Telefon zu erreichen. Bedauerlicherweise ergebnislos. Gleich 23 Uhr. Nun machte sich auch Andy Sorgen. Eben wollte Chris der Polizei Jack als vermisst melden, da öffnete sich die Wohnungstür. Er trat ein mit einem Blumenstrauß in der Hand. Das Etikett einer Tankstelle klebte noch daran. Chris fiel ihm um den Hals. „Gott sei Dank! Ich hab mir solche Sorgen gemacht", rief sie erleichtert. Tränen standen in ihren Augen. „Tut mir leid. Glaub mir, dass ich dich nicht im Stich lassen wollte", stammelte er schuldbewusst, „du bist das Beste, was mir im Leben passiert ist. Ich könnte nicht ohne dich leben. Bitte verzeih mir." Inzwischen hatte Chris sich anders besonnen. Sie ließ ihn los und schimpfte: „Warum hast du dein Handy ausgeschaltet und dich nicht gemeldet? Du hättest wenigstens jemandem Bescheid geben können! Wir dachten, dir sei etwas passiert." Auf Jacks Lippen legte sich ein Lächeln. „Du bist so süß, wenn du wütend bist", sagte er und küsste sie stürmisch. Daraufhin nahm er sie auf seine Arme und verschwand mit ihr im Schlafzimmer. Die Tür fiel ins Schloss. Nebenan hörte man beide keuchen. Andy blieb zurück. Was für eine verrückte Situation! Das träumte er sicher alles nur!? Nein, das geschah nicht wirklich! Was nun? Um diese Zeit durch die Nacht fahren? Oder besser die Couch nehmen? Er müsste wahnsinnig sein zu bleiben. Letztlich entschied er sich. Was auch immer es war, es hielt ihn hier. In diesem Moment zu gehen, war so, als wäre es für immer. Das Fach im Sofa mit dem Bettzeug kannte er inzwischen. Andy legte sich nieder. Ständig dachte er: „Was machst du hier?" und „Wie soll das enden?"

Lange wälzte er sich umher. Andy schloss die Augen. Vor seinem inneren Auge beugte er sich über Chris und berührte sie zärtlich. „Weg mit dem Gedanken! Sie gehört Jack", schärfte er sich ein und drehte sich auf die andere Seite. Doch er konnte sich der Vorstellung nicht erwehren und träumte weiter von ihr, wie sie ihn küssen und lieben würde. Letztendlich schlief er ein.

Jemand berührte seine Schulter. Andy öffnete die Augen. Die Sonne schien bereits. Jack saß neben ihm. Wie gewohnt trug er seine dünne Hose, ansonsten war er barfuß. „Danke Kumpel, dass du dich um Chris gekümmert hast", meinte Jack, „ich weiß das zu schätzen. Chris ist begehrt. Jeder andere hätte nicht so gehandelt und die Lage ausgenutzt, um sich an sie heranzumachen. Du hingegen hast dich wie ein Gentleman verhalten. Das macht nur ein echter Freund. Weißt du, Chris ist gar nicht so stark, wie alle denken. Sie braucht jemanden an ihrer Seite. Versprich mir, dass du auch in Zukunft auf sie aufpasst. Ich meine: Wenn ich nicht da bin." Er reichte Andy die Hand. Reflexartig ergriff Andy sie, wobei er sich nicht wirklich der Tragweite dessen bewusst war. Erst im Nachhinein sollte er eine Ahnung bekommen, was Jack meinte.

~

Fortan verweilte Andy täglich bei Jack und Chris. Wenn er ungeplant länger arbeiten musste oder eine Nacht in seiner eigenen Wohnung verbringen wollte, rief Jack sofort an und fragte, wo er bliebe. Irgendeinen Grund fand er immer, warum Andy unbedingt vorbeikommen musste. Andy gingen irgendwann die Ausreden aus. Er gab nach und fügte sich Jacks Wunsch, bei ihm und Chris zu sein. Insgeheim begrüßte er dies sogar. Im Prinzip holte er sich an ein oder zwei Tagen der Woche nur frische Wäsche aus seiner Wohnung. Chris wusch wie selbstverständlich Andys Sachen mit den ihrigen. Infolgedessen räumte sie ihm Platz in ihrem Schlafzimmerschrank ein, damit er seine Kleidungsstücke aufbewahren konnte. Andy gehörte schlicht zur Familie. Unnötig sich Gedanken zu machen, ob Jack eifersüchtig sein würde. Im Gegenteil, er sah es anscheinend gern, wenn Andy in Chris' Nähe war. Hin und wieder fuhr Andy Chris zur Arbeit oder holte sie ab, wenn er frei hatte. Eines Tages erhielt er sogar einen eigenen Wohnungsschlüssel. Jack drückte ihm das Metallstück in die Hand mit den Worten: „Nun kannst du kommen und gehen, wann du willst." Damit war die Sache geklärt. Sie lebten auf eine Weise zusammen, die sich Andy nie zuvor hätte vorstellen können. Allerdings war nur Jack mit ihr intim. Aus einem unerfindlichen Grund machte es Andy nichts aus. Allemal war es mehr, als er sich erhofft hatte. Sie führten eine wirklich ungewöhnliche Dreierbeziehung. Bei ihren Ausflügen saß Chris mal auf Andys Sozius und mal auf dem von Jack. Für die anderen war es anscheinend völlig normal. Keiner stellte Fragen.

Meistens kamen die Clubmitglieder am Freitag, ansonsten samstags. Wenn jemand Hilfe brauchte, tauchte er spontan bei ihnen auf. Alfis Bemühungen um Kati waren erfolgreich gewesen – er stellte sie ihnen nach kurzer Zeit vor. Eine adrette, stämmige Frau, die gekonnt mit Alfi umging. Sie passte zu ihm. Ihr forscher Ton gefiel Alfi offensichtlich. Die komplette Gruppe unternahm oft Touren. Jack hatte stets überraschende oder verrückte Ideen, die sie in die Tat umsetzten. Ihre Aktivitäten reichten von simplen Dingen, wie Baden oder Eis essen, über Fahrten ins Blaue, bis zum Fallschirmspringen, Fliegen oder Klettern. Natürlich ließen sie sich das monatliche Treffen auf der Rennstrecke nicht entgehen. Eines der schönsten Erlebnisse war eine Reise nach Paris. Am Freitag zuvor hatten sich alle in der Conrad-Wolf-Straße eingefunden. Nach kurzer Beratung, was sie diesmal unternehmen könnten, waren sie sich einig. Am Samstagmorgen brachen sie um 4 Uhr auf. Wie gewohnt verabredeten sie den nächsten Treffpunkt, falls ein Fahrzeug verloren gehen sollte aufgrund Toilettenpause, Tankaufenthalt oder sonstigem. Erst wenn alle anwesend waren, starteten sie die nächste Etappe. Nach mehreren solcher Zwischenziele erreichten sie Paris am frühen Abend. Sie wanderten entlang der Seine und fuhren spät zurück. Auf ihrem Rückweg entdeckten sie eine geeignete Stelle für die Übernachtung in einem Kornfeld. Geschwind breiteten sie ihre Schlafsäcke neben den Fahrzeugen aus. Jack legte ihre drei nebeneinander. Chris bekam den Platz in der Mitte, zwischen Andy und Jack. Müde kuschelte sich jeder in seine Decke. Allerdings konnte Andy lange nicht einschlafen, so nah bei Chris. Er tat dennoch, als ruhte er. Als es ringsum still geworden war, öffnete er die Augen. Der Mond schien hell genug, um Chris sehen zu können. Sie atmete ruhig. Jack hatte seinen Arm um sie gelegt. Beide schliefen tief und fest. Selbst jetzt umgab beide ein Zauber. Zwei Menschen einer besonderen Art. Nie zuvor war er so jemandem begegnet. Eines wurde ihm klar: Obwohl er mit Chris ein platonisches Verhältnis führte, würde er diese Freundschaft um keinen Preis missen wollen. Andy beobachte Chris und Jack bis ihn die Müdigkeit übermannte.

Am nächsten Tag hielten sie bei der ersten Tankstelle zum Frühstück, bevor es zügig weiterging. In ihrer Heimatstadt angekommen, trennte sich die Gruppe. Jeder fuhr nach Hause. Jedoch am folgenden Freitag waren alle wieder in der Conrad-Wolf-Straße. Oft blieben die Freunde über Nacht. In geselliger Runde redeten, aßen und tranken sie. Schlafsäcke und Isomatten fanden ihren Platz auf dem Boden des Wohn- und des Schlafzimmers. Chris hatte die Haushaltskasse trotzdem gut im Griff. Ihr Traum sollte sich endlich erfüllen: ein Bett. Andy steuerte seinen Teil zum Haushalt bei und kaufte hin und wieder ein, was man zum Leben brauchte. Chris und Jack nahmen es dankbar an.

Mehrfach begleitete Andy Chris zum Kaffeeklatsch bei Frau Lüttich, der Dame aus dem Erdgeschoss. Manchmal gesellte sich auch Jack dazu. Chris besorgte Lebensmittel für sie oder half ihr bei der Erledigung diverser Aufgaben. Frau Lüttich genoss sichtlich die Gesellschaft und die Hilfe. Durch ihre Gehbehinderung konnte sie keine Treppen steigen und auch keine Spaziergänge unternehmen. Selbst für wenige Schritte musste sie einen Gehstock benutzen. Einmal pro Woche wurde sie von einer Pflegeschwester besucht. Ansonsten kam niemand vorbei, denn sie war die Letzte der Familie. Mann und Kind waren vor längerer Zeit gestorben. Dennoch war sie lebensfroh. Ein angenehm duftendes Parfüm umgab sie. Die weiße Perlenkette schien ihr Lieblingsstück zu sein. Obwohl sie eine unglaubliche Vielfalt an Schmuck besaß, wählte sie eher selten etwas anderes aus. Für alles hatte Frau Lüttich ein Heilmittel oder zumindest einen guten Rat. Tagsüber schaute sie oft zum Fenster heraus. Auf ein Kissen gelehnt, sog sie den Sommer ein. Wenn Andy nach Hause kam, grüßte sie ihn mit: „Hallo Herr Andy."

Die Zeit war schön wie nie. Unangenehm waren nur Jacks Kopfschmerzattacken, die sich häuften und deutlich stärker wurden. Trotz aller Bemühungen gelang es Chris nicht, Jack zu einer medizinischen Untersuchung zu bewegen. Andy löste sein Versprechen ein und redete wiederholt mit Jack. Doch dieser blieb stur. Nur ein einziges Mal erreichte Andy, dass Jack bis zum Krankenhaus mitkam. Vor der Eingangstür blieb er unerwartet stehen. Lange fixierte er den gigantischen, eckigen Bau mit den riesigen Glasfenstern. Was auch immer in seinem Kopf vorging, schien ihn zu lähmen. Er konnte und wollte keinen Fuß in das Gebäude setzen. Andy redete auf ihn ein: „Jack, da drin gibt es Profis. Ich arbeite in dieser Klinik und weiß das. Vertrau mir. Sie finden die Ursache deiner Kopfschmerzen. Die Untersuchung tut nicht weh. Ganz sicher gibt es ein Mittel, das dir hilft. Es wird dir garantiert bald besser gehen." Jack sah direkt in Andys Augen. Sein Blick verriet mehr als Worte. Garantiert dachte er an die Erlebnisse mit seiner Mutter und deren Krankheitsverlauf. All die Erinnerungen an ihr Leiden mussten schrecklich sein. Für Jack war es unmöglich, die Klinik zu betreten. Es bedeutete Endstation für ihn. „Wenn ich hier hineingehe, komme ich nie wieder heraus", entgegnete Jack. Andy unternahm einen letzten Versuch: „Tue es für Chris." Jacks Gesichtsausdruck wurde traurig. Plötzlich drehte er sich um und ging los. Seine Schritte wurden immer schneller. Er schwang sich auf sein Bike und raste davon. Andy jagte jedoch nicht hinterher. Er hatte eine Ahnung, was in Jack vorging. Vermutlich befürchtete er krebskrank zu sein. Andy hatte durch seine Arbeit selbst Berührung mit Tumorpatienten. Er dachte über diejenigen nach, die er bis zum Tod begleitet hatte. Nein, ein Typ wie Jack ist nicht so krank, redete er sich ein. Ganz bestimmt war die Ursache der Kopfschmerzen halb so wild. Es lag allerdings in Jacks Hand es herauszufinden, er hatte die

Qual der Wahl. Jack musste eine Entscheidung fällen. Das hatten sie beide gemeinsam: Beim Motorradfahren ließ sich gut abschalten, am besten auf der Autobahn. Ein klarer Kopf half beim Nachdenken und Sortieren der Gedanken.

An diesem Abend warteten Chris und Andy ungeduldig auf Jack. Andy mochte ihr zunächst nicht berichten, dass er mit Jack bei der Klinik war. Irgendwann, aber nicht jetzt. Leider kam Jack nicht. Die Stunden vergingen. Chris wurde von Minute zu Minute besorgter. Es bereitete Andy große Mühe, zu verhindern, dass sie wieder jeden anrufen würde, den sie kannte, um nach Jack zu fragen. Diesmal war Andy sich absolut sicher, dass Jack nichts passiert war. Er würde noch kommen, versicherte er ihr – hundertprozentig. Insgeheim bekam Andy eine Vorahnung, was mit Jack los war. Wahrscheinlich hatte er doch die Krankheit seiner Mutter geerbt und wusste es. Der Gedanke erschreckte Andy. Nein, sicher täuschte er sich und Jack hatte nur Angst, dass dies zutreffen würde. In jedem Fall würde Jack sich nichts antun, dafür liebte er Chris zu sehr. Er würde sie niemals allein lassen. Andy ergriff Chris bei ihren Schultern, um ihr nervöses Herumlaufen zu beenden. Er redete auf sie ein: „Entspann dich bitte. Jack geht es gut. Ich weiß es genau. Er muss nachdenken. Gib ihm Zeit." Danach nahm er Chris in seine Arme und drückte sie fest an sich. Vorsichtig umfasste sie ihn. Ungern löste er sich von ihr. „Ich muss dir etwas sagen", begann Andy seinen Bericht. „Setz dich bitte." Gespannt nahm sie auf einem Hocker Platz. Er erzählte ihr, was geschehen war. „Bis zum Krankenhaus ist er mitgekommen?", fragte sie erstaunt und blickte ihm in die Augen. Andy bestätigte. Es schien, als schöpfte sie Hoffnung, dass es Andy gelingen würde, Jack zum Arzt zu bringen. Dankbar umarmte sie ihn. Andy konnte spüren, wie sie sich beruhigte. Daher ließ er sie wieder los. Zärtlich strich er über ihr Gesicht. Da hörten sie den Schlüssel in der Wohnungstür. Jack kehrte heim. Er sah betrübt aus. Erleichtert fiel ihm Chris um den Hals. Jack hielt sie wortlos schier ewig im Arm. Irgendwann schob er sie von sich, ging auf Andy zu, drückte ihn kurz und klopfte ihm auf die Schulter. „Danke Andy", sagte Jack, „für alles." Daraufhin verschwand er im Schlafzimmer. Infolgedessen begaben sie sich zur Nachtruhe.

~

Die Wochen verstrichen. Ehe man sich's versah, war es August. Eines Tages, als Andy mit seinem Motorrad in die Conrad-Wolf-Straße einbog, bemerkte er Chris und einen fremden Mann vor ihrer Haustür. Beide waren noch ein gutes Stück entfernt, trotzdem konnte Andy bereits einiges erkennen. Der Mann trug einen feinen, dunklen Anzug. Seine Haare glänzten vom Haargel. Er stand bedrohlich gestikulierend vor Chris, Andy den Rücken zugekehrt. Unverkennbar stritten beide. Andy verstand leider kein Wort, des Motorradhelmes und der Entfernung wegen. Langsam näherte er sich auf seinem Bike. Sein Blick streifte ein Cabrio am Straßenrand. Das stand sonst nicht hier. Möglicherweise gehörte es dem Fremden. Auf knapp einhundert Meter war Andy inzwischen herangekommen. Das erste Mal, seit Andy Chris kannte, blickte sie finster drein. Frau Lüttich schaute aus dem

Fenster. Sie musste den Lärm gehört haben. Auf einmal packte der Mann Chris am Hals und drückte sie gegen die Hauswand. Sie wehrte sich und trat ihm kräftig zwischen die Beine. Er knickte ein und seine Hand ließ von ihr ab. Im nächsten Moment schlug er ihr heftig ins Gesicht. Andy riss seinen Helm ab. Noch nie zuvor war er so schnell von seinem Motorrad heruntergestiegen. Er rannte los. Der Mann rang mit Chris. Plötzlich presste er sie mit einer Hand an die Wand, holte aus und traf Chris einige Male heftig in den Bauch, ehe Andy beide erreichte. Sie schrie vor Schmerz auf. Sofort stürzte Andy sich auf den Schläger und warf ihn beiseite. „Lass die Finger von ihr!", brüllte Andy. Der Mann schien überrascht, setzte jedoch zur Gegenwehr an. Beide prügelten sich nun. Der Fremde bekam schwere Fausthiebe ab und schien unterlegen. Frau Lüttich rief hysterisch: „Chris, oh nein!" Andy schaute zu Chris, was ihn von seinem Kampf ablenkte. Sie war zu Boden gesunken und versuchte aufzustehen. Letztlich ging sie wieder in die Knie und krümmte sich stöhnend – den Bauch haltend. Ihre Hose färbte sich an den Innenseiten der Schenkel rot. Blut! Sie musste innere Verletzungen haben! Man sah ihr die Schmerzen an. Die Faust des Fremden traf Andys Gesicht. Für einen Moment war er benommen. Nun konnte sich der Schläger befreien und hastete davon. Andy hinterher. Dieser Typ musste der Polizei übergeben werden, ohne Frage. Augenblicklich sprang der Mann in das parkende Cabrio und raste mit quietschenden Reifen davon. Leider erreichte ihn Andy nicht mehr. Auch wenn der Fremde es nicht mehr hören konnte, brüllte Andy hinterher:

„Lass dich ja nie wieder bei uns blicken!" Augenblicklich stürmte er zu Chris und half ihr hoch. Sie konnte sich aber nicht vollständig aufrichten und krümmte sich erneut. Frau Lüttich rief aufgeregt aus ihrem Fenster: „Ich habe schon die Polizei angerufen. Sie ist gleich da. Ein Glück, dass Sie gekommen sind, Herr Andy. Jetzt wähle ich noch die Nummer des Rettungswagens." Andy bemühte sich genauer herauszufinden, welche Verletzungen Chris hatte, um ihr helfen zu können. Sie antwortete jedoch nicht auf seine Fragen. Ihre kurzen Atemstöße und Schmerzenslaute beunruhigten Andy sehr. Zudem wurde ihre Blutung stärker. In Andys Innerem stieg Panik auf. Er wollte sie keinesfalls verlieren. Hoffentlich würde der Krankenwagen bald hier sein. Andererseits: Es dürfte mindestens zehn Minuten bis zu seiner Ankunft dauern – eine Ewigkeit. In Andys Kopf hämmerte fortwährend der Gedanke: „Was wäre, wenn ich Chris selbst ins Krankenhaus bringen würde?" Sein Herz schlug heftig. Das Risiko war hoch: Sie könnte unterwegs bewusstlos werden und herunterfallen. Als Chris erneut vor Schmerz stöhnte, traf er eine Entscheidung. Obwohl es gegen alles sprach, was er in seiner Ausbildung gelernt hatte, sagte er: „Schluss mit der Wartezeit. Ich fahre dich in die Klinik. Wir sind in spätestens fünf Minuten da. Chris, meinst du, dass du dich bei mir festhalten kannst?" Chris sah ihn mit großen Augen an, was Andy kurzerhand als Zustimmung deutete. Vorsichtig nahm er sie auf seine Arme und setzte sie auf sein Motorrad. Sie biss sich auf die Lippen und hielt sich an ihm fest. Andy gab Gas. Unterwegs spürte er jedoch, dass sich ihre Arme lockerten. Hoffentlich würde sie nicht ohnmächtig werden – die möglichen Folgen könnte er sich nie verzeihen. Vielleicht war es doch ein großer Fehler, nicht zu warten!? Obwohl sie es wahrscheinlich nicht hören konnte, rief er: „Durchhalten Chris!"

Direkt vor der Notaufnahme stoppte er sein Bike. Chris stöhnte vor Schmerz, als sie sich am Sitz abstützte, während Andy vom Fahrzeug kletterte. Keine Sekunde zu spät! Sie verlor eben das Bewusstsein und landete in seinen Armen. Sein Herz blieb beinahe stehen vor Angst um sie. Behutsam hob er sie hoch. Schnellen Schrittes trug er sie hinein. Aufgeregt brüllte Andy los: „Einen Arzt! Schnell!" Sogleich wurde der Diensthabende gerufen. Heute war es eine Ärztin, Frau Doktor Lange. Andy kannte sie. Eine kleine, kräftige Person mit graumelierten Locken. Sie wies Andy an: „Auf diese Trage, bitte", und fragte ihn: „Ich kenne Sie doch. Sind Sie nicht Andy, aus der Pflegestation?" „Keine Zeit für solche Gespräche, Frau Doktor Lange. Chris wurde zusammengeschlagen. Ich konnte es leider nicht verhindern. Schwere Hiebe trafen sie am Bauch. Seitdem blutet sie. Eine Nachbarin hat die Polizei gerufen. Ein Streifenwagen wird sicher gleich auftauchen." Frau Doktor Lange beruhigte ihn: „Keine Sorge, wir kümmern uns gut um Ihre Freundin." Sie winkte den Schwestern und gab Anweisungen. Keine Minute später hing Chris am Tropf und die Trage wurde zügig zu einem Behandlungssaal geschoben. Andy folgte. Der Schock über das Geschehene steckte tief in seinen Knochen. An der Tür wurde er jedoch gestoppt. Doktor Bernhardt, sein Chef, verwehrte ihm den Weg. Er sah Chris im

Vorbeigehen an und wandte sich an Andy. „Ihre Freundin ist hübsch", meinte er, „das ist doch Ihre Freundin?" „Ja, ähm, nein. Ach, das ist kompliziert", stammelte Andy. Doktor Bernhardt blieb entspannt. Er musterte Andys Verletzungen im Gesicht. „Na, Sie haben aber auch ganz schön was abbekommen", sagte er, „zeigen Sie mal her. Im Moment können Sie sowieso nichts für die Kleine tun." Daraufhin schob er Andy in einen anderen Behandlungsraum. Nach dem Abwaschen des Blutes erwies es sich, dass Andy lediglich eine Platzwunde am Auge hatte. Keine große Sache. Das meiste Blut an seinen Händen und an seinem Körper stammte in der Tat von Chris. Andys Wunde wurde genäht und ein Pflaster aufgebracht. Er wurde darum gebeten, sein Motorrad an anderer Stelle zu parken, der Zugang zur Notaufnahme müsse frei bleiben.

Auf dem Flur bemerkte Andy Blut am Boden. Die Tropfen verliefen von der Stelle, an der er Chris auf die Trage gelegt hatte, bis zu seinem Motorrad. Andy erstarrte, denn dies stammte eindeutig von ihr. Die Putzkraft traf ein und begann mit der Reinigung. Wie in einem bösen Traum schritt Andy entlang der Spur nach draußen. Sein Krad war ebenfalls voller Blut. Keine Zeit fürs Putzen. Zuerst musste er wissen, wie es ihr ging und wie ernst die Lage war. Andy schob das Motorrad beiseite, bevor er die Notaufnahme erneut betrat und vor dem Operationssaal Platz nahm, in den Chris inzwischen gebracht worden war.

Die Wartezeit war schier unerträglich. Währenddessen trafen zwei Polizisten in der Klinik ein und befragten Andy und das Personal zum Geschehen. Einer stellte sich als Kommissar Hofer vor. Ein kräftiger Mann im besten Alter. Eine Brille mit starken Gläsern saß auf seiner Nase. Er sprach in gelassenem Ton. Nichts konnte ihn erschüttern – die Ruhe selbst. Sein Assistent war wesentlich jünger und schien eher unerfahren zu sein. Nervös drückte er an seinem iPad herum, um sich Notizen zu machen. Andy musste jedes Detail erzählen und den Fremden sowie dessen Cabrio genau beschreiben. Er schwor, diese Person noch nie zuvor gesehen zu haben. Erst recht gab es keine Erklärung für die Gewalttat. Frau Lüttich hatten sie bereits vernommen. Bedauerlicherweise konnte sie nur berichten, dass sie Lärm gehört hatte. Durch das Fenster hatte sie beobachtet, wie ein Fremder Chris schlug. Zum Glück war Andy gekommen und hatte beherzt eingegriffen. Chris sollte als nächstes befragt werden. Offensichtlich kannte nur sie den Grund des Überfalles. Die Polizisten wollten keinesfalls warten und verschwanden vorerst. Die Vernehmung sollte zu einem späteren Zeitpunkt fortgesetzt werden.

Endlich kam Frau Doktor Lange. Andy sprang auf, wurde von ihr jedoch wieder auf den Stuhl gedrückt. „Also, Ihrer Freundin geht es den Umständen entsprechend gut", begann sie ihre Rede, „sie hat viel Blut verloren. Eine Rippe ist gebrochen. Wichtig sind jetzt ein paar Tage Ruhe und keine Anstrengung. Wir behalten sie auf jeden Fall hier und werden noch einige Untersuchungen vornehmen, um sicher zu gehen, dass es keine weiteren Verletzungen gibt, schon wegen des Fruchtwassers. Leider konnten wir nichts für das Baby tun." Der Schock stand Andy im

Gesicht geschrieben: „Was?! Sie war schwanger?" „Oh, Sie wussten es nicht?", meinte Frau Doktor Lange verlegen, „das tut mir doppelt leid. Sie wird bald aufwachen und Trost benötigen. Laut ihrer Krankenakte hat sie schon einmal ein Baby verloren, was sie sehr mitgenommen hat. Es wäre daher besser, wenn jemand in ihrer Nähe bleibt, zumindest für die nächste Zeit. Falls Sie möchten, können Sie zu ihr. Das ist aber eine Ausnahme, wie Sie sicher wissen?" Andy nickte nur, denn die Worte blieben ihm im Halse stecken.

Frau Doktor Lange führte ihn in Chris' Krankenzimmer. Ein fürchterlicher Anblick bot sich ihm. Chris war blass. Die Wirkung wurde durch das weiße Krankenhaushemd noch verstärkt. Sie schlief, inmitten medizinischer Geräte. Neben einer Infusion hing ein Blutbeutel. Die Flüssigkeiten liefen durch die Schläuche. Unentwegt piepten Kontrollgeräte. Andy arbeite hier und kannte dies alles. Jeden Tag sah er Menschen in einer derartigen Lage. Die Tatsache ließ ihn erschaudern, dass es diesmal um Chris ging. Ehe Frau Doktor Lange das Zimmer verließ, strich sie Andy tröstend über den Arm. „Alles wird gut", meinte sie aufmunternd. Er stellte schließlich einen Stuhl ans Bett und setzte sich neben Chris. Vorsichtig legte er ihre Hand in seine und hielt sie fest. Minuten später kam sie langsam zu sich. Chris schaute sich erstaunt um. „Du bist im Krankenhaus", entgegnete Andy, „geht es dir besser?" Ein zaghaftes Lächeln ihrerseits erübrigte die Antwort. „Was war das für ein Typ und was wollte der von dir?", wollte Andy wissen. Chris Blick schweifte umher. Als sie bemerkte, dass außer ihr nur Andy im Raum war, begann sie zu sprechen. Ihre Stimme klang trotz aller Bemühungen schwach: „Das war Robert. Jetzt hast du ihn und sein wahres Gesicht kennengelernt. Er wollte Geld. Offenbar hatte Jack ihn abblitzen lassen. Darüber war er verärgert. Er drohte mich totzuschlagen, wenn ich ihm nichts gäbe. Das wäre ihm beinahe gelungen. Danke fürs Retten und Herbringen." Andy drückte ihre Hand fester: „Tut mir leid wegen des Babys." Mit großen Augen schaute sie ihn an. Im selben Moment biss Andy sich auf die Lippen. Verdammt, sie wusste es ja noch nicht! „Was? Das Baby ist weg?", rief sie entsetzt und hielt den Atem kurz an. Tränen standen in ihren Augen. Sie wirkte verzweifelt. Andy tröstete sie nach bestem Wissen und Gewissen. Schließlich nahm Chris ihre ganze Kraft zusammen und sagte: „Jack darf nicht erfahren, dass ich schwanger war. Er hat beim letzten Verlust so sehr gelitten. Diesen Schmerz erneut zu erleben, würde er nicht verkraften. Das Baby war damals krank und konnte nicht gerettet werden. Es wäre in meinem Bauch gestorben. Daher wurde die Geburt künstlich eingeleitet. Diesmal wollte ich erst das Ergebnis der Untersuchung abwarten, ehe Jack die frohe Botschaft erfährt." Andy erstarrte. „Jack!? Du meine Güte, dem hab ich ganz vergessen Bescheid zu geben", rief er. Augenblicklich zog er sein Telefon hervor. Mit den Worten: „Ich bin gleich wieder da", verließ er den Raum.

Vom Flur aus rief er Jack auf seiner Arbeitsstelle an. Allerdings konnte Jack nicht glauben, was Andy erzählte. Andy musste ihm mehrfach die Ereignisse wiederholen und den Mann beschreiben, der Chris zusammenschlagen hatte. „Das glaube ich nicht, das kann nicht sein!", meinte Jack am Ende. Andy blieb dennoch ruhig: „Das ist kein böser Scherz, Jack. Chris liegt im Krankenhaus. Du kannst dich selbst überzeugen. Zimmer vierzehn, Intensivstation." Daraufhin legte Andy auf. Keine halbe Stunde später stand Jack in der Tür. Er war sichtlich geschockt. Bevor er sich um Chris kümmerte, fiel er Andy um den Hals. Dieser spürte sofort Jacks innere Unruhe und Wut. Was auch immer in seinem Kopf vorging, schien nichts Gutes zu sein – als schmiede er einen finsteren Plan. Keine Stunde hielt er es im Krankenhaus aus. Beim Verlassen des Zimmers hatte er das Handy schon in der Hand. Ehe Jack die Tür schloss, vernahm Andy seine Worte: „Schulle, prima, dass ich dich erwische. Ich brauche deine Hilfe. Trommle bitte deine Jungs zusammen. Wir müssen etwas klären. Ein für alle Mal." Andy blickte zu Chris. Zum Glück hatte sie es nicht gehört. Sie würde sich sicher aufregen oder sich Sorgen machen, dabei musste sie sich erholen und neue Kraft schöpfen. Andy blieb bei ihr. Unverkennbar tat es ihr gut, nicht allein zu sein. Gegen 20 Uhr verabschiedete er sich schweren Herzens. Chris wirkte müde. Sie brauchte Ruhe.

Frau Lüttich schien auf Andy gewartet zu haben. Mit seinem ersten Schritt ins Haus, riss sie die Tür auf. Sie ließ ihn nicht passieren, erst sollte er jede Einzelheit erzählen. Auf ihrer Couch Platz genommen, legte Andy los. Mit Erleichterung vernahm sie seinen Bericht und dass es Chris besser ginge. Sie müsse aber noch im Krankenhaus bleiben für weitere Untersuchungen. Andy hatte plötzlich eine Idee. Sicher würde es Chris freuen, wenn die Dame sie besuchte. Morgen, versprach er, würden sie zusammen Chris einen Besuch abstatten. Verwundert schaute Frau Lüttich Andy an. „Junger Mann!", gab sie zu bedenken, „wie stellen Sie sich das vor? Ich bin kein junges Ding und kann unmöglich mein Bein auf ein Motorrad schwingen." Andy erklärte, wie sie es anstellen würden. Er kannte einen Krankenwagenfahrer, der ihm einen Gefallen schuldete, Paul. Unverzüglich wurde er angerufen. Paul nahm sofort ab. Am Telefon meinte er, dass er Frau Lüttich am nächsten Tag problemlos mitnehmen könne. Zufällig müsste er einen Patienten aus der Conrad-Wolf-Straße abholen. Da könnte sie einfach mitfahren. Es wäre kein Umweg. Zudem würde es gar nicht auffallen, wenn er zwei anstelle eines Patienten transportieren würde. Sie freute sich sehr. Endlich ließ Frau Lüttich Andy gehen.

Als er die Dachwohnung betrat, stellte er fest, dass er allein war. Jack war also unterwegs. Dessen letzte Worte schwirrten in Andys Kopf umher. Die schlimmsten Szenarien standen ihm vor Augen, was Jack in der Zwischenzeit anstellen würde. Andy wählte Jacks Nummer. Leider war dessen Telefon ausgeschaltet, Anrufbeantworter. Was nun? Erst einmal abwarten. Eine Stärkung täte sicher gut. Andy bereitete Sandwiches zu und nahm auf der Couch Platz. Er starrte den Teller an, konnte sich allerdings nicht entschließen etwas zu essen. Nach den Ereignissen hatte er eigentlich keinen Appetit. Zudem breitete sich ein ungutes Gefühl in ihm aus. Ein Blick auf die Zeit: gleich 21 Uhr. Wo blieb Jack nur? Hektisch blätterte Andy in der Kontaktliste seines Handys. Leider besaß er Schulles Telefonnummer nicht. Wer würde wissen, wie man ihn erreichte? Gab es in der Wohnung nicht ein Notizbuch mit allen Kontaktdaten? Wo könnte es sein? Eben wollte er seine Suche starten, da betrat Jack die Wohnung. Er war ein wenig lädiert im Gesicht und an den Händen. Dafür schien sein innerer Frieden wiederhergestellt. Alle Zeichen sprachen dafür, dass Jack sich mit jemandem geprügelt hatte. „Hallo Andy", grüßte er frohen Mutes. „Mann, was ist mit dir passiert? Lass mal sehen", gab Andy zurück. Er begutachtete Jacks Wunden, holte Verbandszeug und versorgte die Verletzungen. Danach nahm Jack zwei Bier, eines für sich und eines reichte er Andy. „Es ist ein so unglaubliches Glück, dass es dich gibt, Kumpel", begann Jack das Gespräch, „Chris hätte tot sein können, wenn du nicht gewesen wärst." Er stieß mit Andy an und nahm einen kräftigen Schluck, nachdem er auf der Couch Platz genommen hatte. Sein Blick fiel auf die Sandwiches. Erfreut griff er zu. Am Ende genossen sie gemeinsam die belegten Brote. Entspannt lehnte sich Jack zurück. Andy wollte unbedingt wissen, woher Jack seine Schrammen hatte. Daher fragte Andy direkt: „Ich habe gehört, dass du mit Schulle telefoniertest, als du das Krankenzimmer verlassen hast. Was habt ihr getan? Hoffentlich nichts, was du bereuen wirst? Du weißt doch: Die Polizei ist eingeschaltet." Ein zufriedenes Lächeln legte sich auf Jacks Lippen: „Diesem Fiesling Robert habe ich's gezeigt. Während ich ihn zusammengefaltet habe, haben die Jungs sein Schmuckstück, das Cabrio, auseinandergenommen.

Beinahe hätte Robert geweint. Auf Knien schwor er mir, dass er uns in Zukunft in Ruhe lässt. Die Jungs kennen ihn ja nun und haben deutlich gezeigt, wie ernst es ihnen ist." Nach einem weiteren Schluck meinte Jack: „Robert war heute Morgen bei mir in der Werkstatt. Er wollte Geld. Diesmal blieb ich hart und gab nichts, ganz genauso, wie ich es Chris beim letzten Mal versprochen hatte. Robert war erst ziemlich wütend, aber dann schwenkten seine Gefühle und Reaktionen um – so verzweifelt hab ich ihn selten gesehen." Nachdenklich fuhr er fort: „Ich dachte, es wären nur leere Drohungen. Dass er Chris tatsächlich anrühren würde, hätte ich nicht erwartet."
„Was?!", entfuhr es Andy, „du wusstest, dass er gedroht hat, ihr Gewalt anzutun und du hast nichts unternommen? Nicht mal mir hast du es gesagt? Wir hätten Chris beschützen müssen. Oder die Polizei einschalten. Es wäre sicher nicht so weit gekommen, wenn wir Schutzmaßnahmen ergriffen hätten!"
„Beruhig dich, Andy", entgegnete Jack gelassen, „du kannst nicht vierundzwanzig Stunden um sie herum sein. Deine Fürsorge ehrt dich, aber Robert hätte ihr ebensogut im Tannengrund oder in der S-Bahn auflauern können. Niemand hätte ihr helfen können. Eigentlich ist Robert ein Feigling. Ihm muss das Wasser bis zum Hals stehen, andernfalls hätte er nicht zu solch drastischen Maßnahmen gegriffen. Ich kenne ihn aus meiner Schulzeit. Wir waren beste Freunde, bis er anfing zu spielen. Das hat ihn völlig verändert. Seit dieser Zeit trieb er sich stets mit seltsamen Typen herum. Als ihm niemand mehr Geld gab, schreckte er nicht einmal mehr vor Diebstahl zurück. Niemand

wurde verschont, selbst seine Mutter nicht. Sein Zwang, an Bares zu kommen, um spielen zu können, wurde stärker. Manchmal gewann er sogar und zahlte seine Schulden ab. Doch er konnte nicht aufhören zu spielen und hatte bald alles wieder verloren." Jack bemerkte, dass Andy immer noch entsetzt war und sagte: „Keine Sorge. Jetzt kennt ihn Schulles Truppe. Falls uns dreien etwas zustoßen sollte, bliebe kein Stein auf dem anderen. Das kannst du mir glauben. Sollte die Polizei Fragen stellen, sag ruhig, dass ich bei Schulle war. Seine Behausung ist ein verlassenes Fabrikgebäude im Norden der Stadt. Wir fahren mal zusammen hin. Du wirst staunen, was der Typ daraus gemacht hat." Um vom Thema abzulenken, holte Jack zwei weitere Bierflaschen. „Weißt du eigentlich, wie ich Chris kennengelernt habe?", fragte er. Andy schüttelte den Kopf. Jack stellte seine Flasche nach einem kräftigen Zug ab. Erfreut fuhr er fort: „Ich hatte an diesem Tag frei und Langeweile. Anfangs fuhr ich ziellos umher. Irgendwann entschied ich mich, zum Stadtpark zu fahren. Üblicherweise sind immer Biker bei Freds Kiosk anzutreffen. In der Nähe des Parks fiel sie mir gleich auf. Ich stand schon immer auf Frauen mit langen, schwarzen Haaren. Chris kam mir entgegengelaufen. Sie war hübsch zurechtgemacht. Am Zebrastreifen blieb ich extra für sie stehen und ließ sie passieren. Sie bedankte sich mit einem zauberhaften Lächeln. Dennoch wirkte sie traurig. Mein Interesse war geweckt. Leider ist die Straße eine Einbahnstraße und sie lief in der Richtung weiter, aus der ich gekommen war. Ich habe eine Extrarunde um den Park gedreht, um sie noch einmal zu sehen. Unterdessen hatte sie den Eisstand erreicht. Einer Horde Kinder spendierte sie eben Eis. Die Kinder bildeten jubelnd eine Schlange und jeder sagte, was er gern hätte. Ich stieg von meinem Motorrad und stellte mich an. Als ich an der Reihe war, sagte ich: ‚Ich bin der liebe, kleine Jack und möchte ein Schokoeis.' Sie lachte mich an und meinte: ‚Okay, weil ich heute Geburtstag habe.' Ihre Augen leuchteten. Da war's um mich geschehen. Chris kaufte mir wirklich ein Eis und ich lud sie im Gegenzug zum Kaffee ein. Danach trafen wir uns nahezu täglich. Es dauerte unheimlich lange, bis sie bei mir einzog. Sie hatte unglaubliche Angst, sich zu binden. Ich denke, es hängt mit dem Tod ihrer Eltern zusammen." Plötzlich zuckte Jack zusammen: „Ist heute der fünfte August?" Andy bestätigte. „Oh, nein! Ich habe ihren Geburtstag vergessen!", rief Jack und raufte sich die Haare. „Verdammt! Wie konnte das nur passieren?! Das darf nicht wahr sein!" Er sprang auf und lief aufgeregt im Zimmer umher. Fortwährend schimpfte er mit sich selbst. Trotz aller Bemühungen seitens Andys konnte Jack sich nicht beruhigen. „Das verstehst du nicht, Andy! Ich darf ihren Ehrentag nicht vergessen. Jeden anderen Tag, aber nicht ihren Geburtstag. Ich schwor ihr damals, dass sie an diesem Tag nie wieder traurig sein müsste." Unentwegt redete Andy auf ihn ein, dass sie noch genügend Zeit hätten, ein Geschenk zu besorgen. Chris lag schließlich im Krankenhaus. Eine Ausnahmesituation. In der Intensivstation durfte zudem nichts mitgebracht werden, auch keine Blumen. Es half nicht. Erst als Andy vorschlug, dass sie beide gleich am nächsten Tag ein Geschenk besorgen würden, entspannte sich Jack ein wenig. Chris wünschte sich schon lange ein Bett. Wenn sie eines kaufen würden, hätte sie sicher Verständnis. Für ihren erfüllten Traum würde sie garantiert alles verzeihen. Die Idee fand Jack super. Prompt öffnete er den Küchenschrank und die Haushaltskasse. Zweihundertfünfundsechzig Euro. Andy wollte unbedingt einen Anteil dazugeben. Er wohnte sowieso die meiste Zeit hier und würde sich auf diese Weise revanchieren können. Schnell waren sie sich einig und verabredeten, dass Andy nach seiner Schicht Jack abholen würde. Letztlich begaben sie sich zur Nachtruhe.

~

Der nächste Tag verlief nicht ganz nach Plan. Am Morgen wollte Andy Chris eine Tasche bringen mit Kleidung, Zahnbürste und anderen persönlichen Dingen. Eigentlich hatte sie inzwischen in ein normales Krankenzimmer einziehen sollen. Sie lag jedoch noch immer auf der Intensivstation. Er durfte nicht zu ihr. Andy wurde flau im Magen. Stand es schlimmer als gedacht um Chris? Schwester Gabi berichtete, dass sie furchtbar viel zu tun hätten. Er redete sich daher ein, alles wäre gut, die verschobene Verlegung hätte sicher nur personelle Gründe. Was tun? Die Tasche mit zur Pflegestation nehmen? Nein, kein Platz. Sein Spind war viel zu schmal. Leider durfte nichts in Chris' Zimmer aufbewahrt werden, bis Frau Doktor Lange eintraf. Sie gewährte, die Tasche abzustellen. Andy wählte das Fußende des Bettes. Auf diese Art würde keiner stolpern und niemand würde vergessen, das Gepäckstück mitzunehmen. Ein Fehler, wie sich später zeigte. Chris schlief noch und Andy wollte sie nicht wecken. Er verließ daher den Raum und schloss leise die Tür hinter sich. Höchste Zeit. Dienstzeitbeginn.

Andy ging seiner Arbeit nach und nahm sich vor, in der Mittagspause bei Chris vorbeizuschauen. Unerwartet wurde er allerdings am Vormittag zur Intensivstation beordert. Es sei dringend. Schwester Susanne übernahm kurzerhand seinen Dienst. Sie erklärte kurz die Problematik. Die Polizisten vom vorigen Tag waren da gewesen und hatten Chris vernommen. Nach ihrem Weggehen wollte Chris die Klinik unbedingt verlassen, niemand konnte sie umstimmen. Viel zu früh. Es waren weitere Untersuchungen angesetzt, zudem würde sie in ihrem Zustand nur wenige Meter laufen können. Sie war verletzt und musste sich erst erholen. Außerdem: Man flüchtete nicht von einer Intensivstation! Andy rannte los. Beim Öffnen der Tür zu Zimmer vierzehn hörte er Chris mit der Schwester und Frau Doktor Lange lautstark diskutieren. Chris stand barfüßig neben ihrem Bett, lediglich mit ihrem weißen OP-Hemd bekleidet. Jegliche Verbindung zu den medizinischen Geräten hatte sie abgerissen. Frau Doktor Lange sortierte hektisch die Schläuche und Kabel. Sie redete ununterbrochen auf Chris ein: „Frau Hofmann, Sie dürfen keinesfalls gehen. Sie werden nicht weit kommen. Wenn Sie innere Verletzungen haben, wird alles noch schlimmer. Nun werden Sie endlich vernünftig!" Chris nahm Sachen aus ihrer Tasche heraus, die sie offensichtlich anziehen wollte. Unterdessen krümmte sie sich vor Schmerz. „Nein, ich kann nicht hierbleiben", meinte sie energisch. Die Schwester packte alles wieder ein, was sie erhaschen konnte, mit den Worten: „So geht das nicht. Bitte legen Sie sich wieder hin." Frau Doktor Lange wirkte, als wolle sie jeden Moment handgreiflich werden und Chris notfalls mit Gewalt ins Bett stecken. Chris war außer sich: „Jetzt lassen Sie mich meine Sachen anziehen! Ich muss weg und kann nicht hierbleiben!" Derartig hysterisch hatte er Chris noch nie erlebt. Zeit zum Handeln, sonst würde die Situation eskalieren. Als Chris Andy bemerkte, ging sie auf ihn zu. Beim letzten Schritt knickte sie kurz ein und stöhnte unweigerlich. Dennoch klang sie entschlossen: „Die Polizisten waren hier und haben gesagt, dass Robert verprügelt und sein Auto demoliert wurde. Das war bestimmt Jack. Er war gestern so merkwürdig. Ich muss zu ihm, bevor er weitere Dummheiten macht." Andy ergriff grob ihre Oberarme und sah ihr in die Augen. In strengem Ton sprach er zu ihr: „Christine, hör mir mal gut zu! Du legst dich jetzt in dieses Bett und beruhigst dich." Chris verschlug es die Sprache. So hatte Andy niemals zuvor mit ihr geredet. Ehe sie sich besinnen konnte, sprach Andy: „Woher willst du wissen, dass Jack es war? Dieser Robert hat sicher viele Feinde. Wer weiß, wem er alles Geld schuldet. Irgendwer hat sich bestimmt gerächt. Glaub mir, Jack kann es nicht gewesen sein. Er war gestern erst bei Schulle und dann bei mir." Mit großen Augen sah Chris ihn an. Eindringlich fuhr Andy fort: „Chris, wenn du innere Verletzungen hast, wirst du bald zusammenbrechen und noch viel länger hier bleiben müssen. Also, lass die Untersuchungen über dich ergehen. Ich bin sicher Frau Doktor Lange entlässt dich, sobald geklärt ist, dass alles in Ordnung ist." „Aber ...", protestierte sie. Sofort unterbrach Andy sie: „Keine Widerrede! Die paar Tage überstehst du. Ich passe in der Zeit auf Jack auf." Er schob sie dichter ans Bett. Dabei spürte er, dass es ihr wehtat, denn ihre Knie wurden weich. Hätte er sie nicht gehalten, wäre sie gefallen. Trotzdem gab sie keinen Laut von sich. Es tat ihm leid, sie so hart anfassen zu müssen, doch sie gehörte ins Bett. Chris gab leider nicht auf: „Nein, da stimmt etwas nicht. Jack hat sogar meinen Geburtstag vergessen!" „Jack hat deinen Geburtstag nicht vergessen", entgegnete Andy sanfter, „wir haben zusammen ein Geschenk besorgt. Es sollte eine Überraschung werden. Man kann es allerdings nicht ins Krankenhaus bringen. Das heißt, du wirst dich noch einige Zeit gedulden müssen, um zu erfahren, was es ist." Sie ließ nicht locker: „Andy, ich möchte nichts haben. Aber Jack hat nicht einmal gratuliert. Das macht er sonst immer." In ruhigem Ton sagte Andy: „Also im Ernst: Du musst zugeben, dass gestern eine Ausnahmesituation war. Unter den gegebenen Umständen gab es weder Grund zum Feiern noch zum Fröhlichsein. Außerdem bekommst du heute Besuch von jemand Besonderem. Ich bin sicher, du wirst staunen, wer das ist." Chris schien überredet. Zumindest waren ihr die Argumente ausgegangen, warum sie das Krankenhaus verlassen musste. Sie fügte sich und Andy half ihr ins Bett. Selbst Frau Doktor Lange sah Andy erstaunt an. Insgeheim grämte er sich über die Notlügen. Das geplante Geschenk war ja noch nicht besorgt. Außerdem wusste er, dass Jack Robert zusammengeschlagen hatte. Das musste unbedingt sein Geheimnis bleiben. Es ging schließlich um Chris' Wohl. Zudem wollte er Jack nicht verpfeifen. Andy begann die Schläuche und Kabel wieder anzubringen. Die Schwester verstaute Chris' Sachen in der Tasche. Frau Doktor Lange half Andy und meinte: „Respekt, Andy. Am besten, Sie bleiben vorerst bei ihr. Sie können ebenso gut wie Schwester Gabi den Transport zur MRT übernehmen. Ich kläre das mit Ihrem Chef, Doktor Bernhardt." Sie prüfte die korrekte Funktion der medizinischen Gerätschaften und verschwand schließlich mit der Schwester. Gabi brachte kurz darauf den Behandlungsplan vorbei. Als sie wieder weg war, fragte Chris: „Stimmt es auch, dass Jack es nicht war, der Robert zusammengeschlagen hat? Wart ihr wirklich zusammen?" Andy entgegnete: „Chris, können diese Augen lügen?" Endlich lächelte sie wieder. Sichtlich entspannte sie sich. Andy ergriff den Plan. „Na, da wollen wir mal sehen, was dich heute so erwartet", begann er zu reden. „Wir starten mit einer MRT um 11 Uhr. Danach Blutabnahme und – oh, wie ich sehe, darfst du unseren äußerst leckeren Haferschleim genießen. Du kannst mir aber glauben, den haben schon viele Patienten überlebt." Chris lachte, hielt sich allerdings gleich stöhnend den Bauch vor Schmerz. „Entschuldige bitte", sagte Andy, „dann vorerst keine Scherze. Bis 11 Uhr haben wir noch ein Stündchen Zeit. Bist du müde oder möchtest du reden?" „Bitte erzähl du etwas. Ich mag nicht", erwiderte Chris. Andy nahm sich einen Stuhl und überlegte kurz. Dann begann er zu sprechen, über die Sonne, den Mond und die Sterne. Ihre Augen strahlten ihn währenddessen an.

~

Am Ende konnte Chris in ein normales Zimmer einziehen. Frau Doktor Lange richtete ein, dass Andy bei ihr bleiben konnte. Sie befürchtete offenbar, dass Chris es sich doch noch anders überlegen könnte. Andy nahm diese Tatsache dankbar an. Er telefonierte kurz mit Paul wegen der Zimmernummer. Gegen 14 Uhr öffnete jemand die Tür des Krankenzimmers. „So meine Dame, da wären wir." Die tiefe Stimme eines älteren Herrn sprachen diese Worte. „Sehr liebenswürdig", entgegnete die Angesprochene. Eindeutig Frau Lüttich. Gleich darauf wurde sie in einem Rollstuhl hereingeschoben. Ein adretter Herr in einem dunkelblauen Anzug und hellblauem Hemd schob das Gefährt. Paul folgte. Er wirkte sehr nervös. „Herr Baumann, ich hätte die Dame auch herbringen können. Jetzt müssen wir unbedingt zur Dialyse. Wir sind spät dran", sagte er ungeduldig. Chris traute ihren Augen kaum: „Frau Lüttich? Das ist eine tolle Überraschung!" Die Dame trug einen pfirsichfarbenen, kurzärmligen Pullover und eine beigefarbene Hose. Ihre weiße Lieblingsperlenkette schmückte sie. Der nette ältere Mann platzierte den Rollstuhl direkt neben dem Krankenbett und begrüßte die Anwesenden. Allerdings verabschiedete er sich gleich wieder: „Nun muss ich Sie leider verlassen." Er wandte sich an Frau Lüttich: „Es war mir ein Vergnügen, Verehrteste. Ich hoffe, wir sehen uns bald wieder." Langsam schritt er zum Ausgang des Zimmers. Obwohl er gebeugt ging, wirkten seine Bewegungen sicher. Paul flitzte um ihn herum und hielt die Tür auf. Frau Lüttich war ganz entzückt. Bevor Paul die Tür schloss, rief er ihr zu: „In circa eineinhalb Stunden sind wir zurück und holen Sie ab." Als sie verschwunden waren, redete Frau Lüttich auf Chris ein: „Ist das nicht ein reizender Mensch? Ich meine Herrn Baumann, und stellen Sie sich vor, er wohnt in der gleichen Straße wie wir. Er meinte sogar, dass er mich schon oft gesehen hat und nicht wusste, wie er mich ansprechen sollte. Doch jetzt zu Ihnen, meine liebe Chris, wie geht es Ihnen und ehe ich es vergesse: Alles Gute nachträglich zum Geburtstag." Chris freute sich sehr. Andy blickte zur Uhr. Er musste einen Weg finden, zu verschwinden. Schließlich hatten er und Jack etwas Wichtiges vor. Eine Schwester erschien. Ihre Erklärung, dass Andy nun abgelöst würde, nahm er mit Erleichterung auf. Endlich Feierabend. Er versprach Chris, wiederzukommen. Momentan leistete Frau Lüttich ihr ja Gesellschaft. Sicher würden sich die Damen viel zu erzählen haben, was zudem nicht für Männerohren bestimmt sei. Die Frauen amüsierten sich. Andy ging schnellen Schrittes davon.

Jack wartete schon ungeduldig vor der Einfahrt seiner Werkstatt. Als er jedoch Andys blutbeschmiertes Motorrad sah, erstarrte er. Offensichtlich wurde ihm erst jetzt bewusst, welches Ausmaß der Überfall auf Chris gehabt hatte und wie ernst die Situation gewesen war. Jack bestand darauf, das Fahrzeug zu reinigen, bevor sie losfahren würden. So konnte es nicht bleiben. Keine Chance ihn umzustimmen. Andys Bike wurde auf den Hof der Werkstatt geschoben. Ein älterer, runder Typ mit kurzem Wuschelhaar trat ihnen entgegen. Es war Klaus, Jacks Chef. Sie diskutierten kurz, warum Jack an seinem freien Nachmittag noch in der Werkstatt blieb. Kopfschüttelnd ging Klaus weiter seiner Arbeit nach. Peinlichst genau wurde die Yamaha von Jack gewaschen und auf Hochglanz poliert. Andy durfte nicht helfen. Selbst sein Hinweis auf die knappe Zeit wurde ignoriert. Unbeirrt putzte Jack Andys Fahrzeug weiter.

Klaus schaute wieder vorbei. Nach dem Begutachten des Bearbeitungsstandes brummte er Andy zu: „Lass das lieber Jack allein machen. Das geht schneller. Wenn er sonst auch ein Chaot ist, bei Motorrädern verhält es sich völlig anders. Alles muss perfekt sein. Dafür lieben ihn unsere Kunden." Klaus reichte Andy einen Becher Kaffee. Daraufhin gab Andy seine Bemühungen auf.

Als Jack endlich fertig war, jagten sie die Straßen entlang bis zum Möbelkaufhaus. Angekommen, begann ihre Suche nach einem geeigneten Bett. Bei der Farbe waren sie sich sofort einig. Es sollte weiß sein, wie der Schrank in ihrem Schlafzimmer. Viele Modelle probierten sie aus. Sie fanden leider nicht das Richtige. Zu groß, zu klein, zu teuer, nicht weiß, nicht zerlegbar. Irgendetwas missfiel immer. Eine stark geschminkte Frau im besten Alter mit einer Halbbrille auf der Nase, fragte nach geraumer Zeit, ob sie behilflich sein könne. „Frau Reinert" stand auf ihrem Namensschildchen. Unverblümt sagte Jack: „Wir suchen ein weißes Doppelbett. Es muss zwei stürmisch Liebende aushalten. Das heißt, es darf weder quietschen noch knarren." Die Frau lugte über ihre Brille und musterte beide Männer von oben bis unten. Offensichtlich hielt sie beide für Homosexuelle. Sie entgegnete vornehm tuend: „Ich zeige Ihnen einige

Modelle. Bitte folgen Sie mir." In der Tat bekamen sie diverse Möbelstücke zu sehen, die aus weiß lackiertem Holz bestanden. Meist konnte man diese jedoch nicht einzeln erwerben. Ein komplettes Schlafzimmer überstieg definitiv ihr Budget. Frau Reinert erklärte die Details, nannte Hersteller, Material etc. Das nächste Bett, das sie zu sehen bekamen, war aus einem Stück gearbeitet. Zwar schön, allerdings würde es nie in die Dachwohnung gebracht werden können. Somit ging es zu weiteren Ausstellungsstücken. Sie probierten verschiedene Modelle aus, ob man auch bequem darin lag. Jack bemerkte den Blick der Verkäuferin. Er machte sich einen Spaß daraus, zu tun, als seien Andy und er tatsächlich ein Paar. Munter wippte er auf den Matratzen herum. Bemerkungen wie „Schatz, hast du das schon ausprobiert?" folgten. Letztlich legte er in einem Bett sogar seinen Arm um Andy. Die Frau äußerte sich daraufhin pikiert: „Meine Herren, ich muss doch sehr bitten." Sie schien wütend zu sein, dass sich die Männer nicht benehmen konnten. Andy befürchtete, sie würde nun verschwinden. Dabei durften sie keine Zeit verschwenden, denn sie wollten noch zu Chris. Daher nahm Andy sich ein Herz und klärte das Missverständnis auf. Als er ihr verriet, dass das Bett ein Geschenk für Jacks Freundin sein sollte, beruhigte sie sich wieder. Sie zeigte ihnen ein weiteres Muster. Das war perfekt. Ein Futonbett mit weißem Holzrahmen, in dem seitlich großzügige Schubfächer eingearbeitet waren. Dazu gehörten zwei Nachttischschränkchen. Alles komplett zerlegbar. Zusammen mit den passenden Lattenrosten sollte es vierhundertfünfzig Euro kosten.

Jack empfand es als zu teuer, aber Andy bestand darauf, den Restbetrag beizusteuern. Es war schließlich für Chris. Sie lag schwerverletzt im Krankenhaus und würde ein Bett brauchen, wenn sie nach Hause käme. Die Verkäuferin wurde hellhörig: „Chris? Heißt die Dame zufällig Christine Hofmann? Ende zwanzig? Dunkle Haare?" Als Jack bestätigte, wurde sie zugänglich. Es stellte sich heraus, dass die Dame Chris' Eltern kannte. Sie sei damals über den tragischen Tod der beiden untröstlich gewesen. Ausgerechnet am Geburtstag des Kindes war es geschehen. Die Kleine hätte ihr leidgetan, besonders, weil sie im Waisenhaus aufwachsen musste. Unerwartet fragte sie, ob sie ein aktuelles Foto dabei hätten. Jack holte aus seiner Brieftasche eines heraus, welches sie lange betrachtete. „Sie sieht ihrer Mutter so unglaublich ähnlich", sagte sie. Ihre Stimmlage klang verändert, gar nicht mehr arrogant. Plötzlich gab sie vor, mit ihrem Chef telefonieren zu müssen. Die Männer sollten warten. Zeit für Jack, sich mit dem Mobiliar und den Accessoires zu beschäftigen. Minuten später kam Frau Reinert zurück und verkündete einen Sonderpreis von dreihundertvierundachtzig Euro, inklusive Lattenroste. Matratzen besaßen sie ja bereits. Andy und Jack waren überglücklich. Blieb nur noch die Transportfrage übrig. Für Jack kein Problem. Er zückte sein Handy und eine halbe Stunde später standen Ralf sowie seine Brüder Rudi und Roland nebst ihrem Transporter vor dem Liefereingang. Ehe sich Andy versah, hatten sie die Kartons in die Wohnung in der Conrad-Wolf-Straße bugsiert und hinaufgeschleppt. Die drei Brüder waren ein eingespieltes Team.

Sogleich riss Rudi die Verpackungen auf. Tausende Einzelteile wurden ausgepackt. Unfassbar, das sollte ein Bett mit Schubkästen ergeben? Andy kam es wie ein unlösbares Rätsel vor. Wo sollte man da bloß anfangen? Wer würde so etwas aufbauen können? „Das ist ein Kinderspiel", antwortete Ralf mit einem Lächeln auf den Lippen. Er schien in seinem Element. Seine Brüder und er bauten im Nu das Bett zusammen. Die drei wollten allerdings kein Geld nehmen. „Für Jack tun wir das gern", meinte Ralf. Zum Dank sollten sie in den nächsten Tagen auf ein Bier vorbeikommen. Heute ging es nicht, da Jack unbedingt zu Chris wollte. Gleich 20 Uhr. Höchste Zeit. Hoffentlich würden sie noch eingelassen werden, gab Jack zu bedenken. Andy war optimistisch. Er arbeitete in der Klinik. Garantiert würde er einen Weg finden, um zu Chris zu gelangen. Jack schwang sich auf sein Motorrad und raste los mit Andy auf dem Sozius.

~

Einige Tage später durfte Chris nach Hause. Die Untersuchungen waren abgeschlossen. Zum Glück hatte sie keine weiteren Verletzungen, außer der gebrochenen Rippe. Der Bauch war allerdings geschwollen. Andy und Jack holten sie gemeinsam ab. Chris war spürbar froh, das Krankenhaus verlassen zu können. Da sie vorerst keine Treppen steigen sollte, trug Jack sie nach oben. Andy bemächtigte sich ihrer Tasche. Vor der Wohnungstür verbanden beide Männer Chris die Augen. Jack erklärte, warum: „Sonst siehst du deine Geburtstagsüberraschung zu früh." Andy nahm ihre linke und Jack ihre rechte Hand. Chris wurde hereingeführt. Jack war ganz euphorisch, wie ein Kind zappelte und sprang er unruhig umher. Sie hielt Andys Hand fester, weil er gelassen blieb. Ohne ihn hätte sie nicht gewusst, wohin sie gehen sollte. Unentwegt redete Jack auf Chris ein. Er schien unsicher ob ihrer Reaktion. Würde sie sich wirklich freuen? Als sie im Schlafzimmer angekommen waren, rief Jack: „Trara! Dein Geschenk!" Beide Männer ließen ihre Hände los. Beim Abnehmen der Augenbinde staunte Chris. Sie konnte kaum glauben, was sie sah. „Ein Bett!", sagte sie überrascht, „ihr seid verrückt!" Wie gebannt schaute Chris auf das Bett und hielt sich den Mund zu. Tränen standen in ihren Augen. Im nächsten Moment meinte sie jedoch: „Das war bestimmt teuer. Ihr habt hoffentlich keinen Kredit aufgenommen?" Andy beruhigte sie: „Keine Sorge. Wir haben zusammengelegt. Das Bett ist bezahlt. Du kannst es getrost genießen." Voller Glück drückte sie beiden Männern einen Kuss auf die Wange und probierte die neue Schlafgelegenheit aus. Sie setzte sich mit Bedacht darauf. Erst berührte sie mit den Händen vorsichtig die Bettdecke, den Holzrahmen und die Nachttischschränkchen. Dann legte sie sich nieder. Dabei schloss sie die Augen. Kein Zweifel, es gefiel ihr. Sie fühlte sich sichtlich wohl. Das Geschenk war ein Volltreffer. Jack wirkte, als wäre ihm ein Stein vom Herzen gefallen. Er atmete erleichtert auf. Einen Moment später rutschte Chris in die Mitte und streckte ihre Arme wohlwollend nach den Männern aus. Es bedurfte keiner Worte. Ihr Blick und ihre Geste waren eindeutig. Sie sollten sich zu ihr legen. Andy schaute zu Jack. Würde es ihm recht sein? Dieser gab Andy im selben Augenblick einen Schubs Richtung

Bett. Jack und Andy folgten Chris' Aufforderung, krabbelten über die Bettdecken und kuschelten sich an. Beide lagen nun in ihren Armen, Andy links und Jack rechts. „Das ist das tollste Geschenk, das ich je bekommen habe. Danke", sagte sie überglücklich. Chris hielt beide so fest sie konnte. Andy genoss den Augenblick. Was konnte es Schöneres geben?

~

Im September erhielten sie die Einladung zu Josis und Tims Hochzeit. Jack und Chris wurden als Trauzeugen für Tim auserwählt. Der erste Gedanke, der Chris durch den Kopf schoss, war: „Jack, du brauchst einen Anzug. Andy, du hast sicher einen. Oder?" Doch Andy besaß ebenfalls keinen. „Gut. Damit haben wir am Wochenende ein gemeinsames Ziel", legte Chris fest.

Gesagt, getan. Am nächsten Samstag fuhren sie zum Einkaufszentrum und streiften durch die Geschäfte. Zuletzt verweilten sie in der Herrenabteilung einer bekannten Verkaufskette. Es gab reichlich Auswahl zu annehmbaren Preisen. Eine dunkelhaarige Frau mit Pagenschnitt näherte sich. Die Dame war kaum älter als die drei und bot an, ihnen behilflich zu sein. Ein buntes Halstuch gab ihrem grauen Kostüm einen besonderen Schick. Gekonnt ergriff sie infrage kommende Kleidungsstücke und führte die Kaufwilligen anschließend zur Umkleidekabine. Allerdings zeigte sich, dass das Vorhaben schwieriger werden würde als gedacht. Jack mochte offensichtlich weder Hemd noch Anzug. Anscheinend war er nur um Chris' Willen mitgekommen, wollte aber den Kauf in jedem Fall verhindern. An allem hatte er etwas auszusetzen: zu lang, zu kurz, zu hell, zu unbequem. Erstaunlicherweise brachte die Verkäuferin nichts aus der Fassung. Unermüdlich holte sie herbei, was als Alternative infrage kam. Am Ende monierte Jack die Halsweite – zu eng. Daraufhin meinte die Dame, dass Jack lediglich ein Modell mit einer größeren Halsweite nehmen müsste. Sondergrößen führten sie natürlich auch. Es dauerte nicht lange, bis Jack ein passendes weißes Hemd und einen schwarzen Anzug anhatte. Alles saß perfekt. Mürrisch gab er zu verstehen, dass er es trotzdem ablehnte. Jack weigerte sich energisch, Hemd und Schlips zu tragen. Zudem sei das Hemd kaputt und hätte an den Ärmeln zwei Knopflöcher anstelle eines, der Knopf fehlte außerdem. Chris bemühte sich zu erklären, dass es so sein müsse. Manschettenknöpfe würden in die Löcher gesteckt. Jack schien jeden Augenblick alles stehen und liegen lassen zu wollen. Chris suchte verzweifelt nach Argumenten, Jack umzustimmen. Andy stieg in die Diskussion ein. Nach einigem Hin und Her verabredete er mit Jack, dass dieser Hemd und Anzug tragen würde, wenn Andy sich genauso einkleidete. Die Krawatte mochte Andy ebensowenig wie Jack. Diese Tatsache nahm Jack mit Erleichterung auf. Das Kleidungsstück wurde gestrichen, obwohl Chris protestierte. Beide Männer hatten die gleiche Größe. Ein Leichtes, den passenden Anzug für Andy zu finden. In einer Vitrine entdeckte er edle Manschettenknöpfe, schwarz mit silbernem Rand. Die Anprobe folgte. Als Jack und Andy nebeneinander vor dem Spiegel standen, stellten sie fest, dass sie zusammen eine imposante Erscheinung waren. „Welche Frau würde bei diesem Anblick widerstehen können?", scherzte Andy. Jack schien den gleichen Gedanken gehabt zu haben, denn er antwortete prompt: „Also, wenn ich eine Frau wäre, würde ich schwach werden." Chris lächelte zufrieden. Selbst die Verkäuferin war hingerissen. „Ich wüsste nicht, für wen ich mich entscheiden sollte. Zum Glück muss ich nicht wählen", meinte sie. Zuletzt sagte Jack: „So weit, so gut. Jetzt du, Chris. Wir im Smoking und du im Kleid." Nun gab es erneut Wortgefechte. Chris verwehrte sich kategorisch. Ein Kleid? Das käme gar nicht infrage, denn sie würden mit dem Motorrad zur Trauung fahren. Rock oder Kleid wären völlig unpassend. Jack wandte ein, sie könnten sich ein Taxi nehmen. Aber Chris akzeptierte dies nicht – zu teuer – worauf Jack mürrisch wurde. Die Stimmung schien zu kippen. Andy warf ein, es wäre nur fair, wenn die Männer einen Anzug trügen und Chris ein Kleid. Lediglich Jacks Androhung, den Anzug zurückzugeben, brachte sie zur Besinnung. Andy hakte ein: „Du kannst wenigstens ein paar Kleider anprobieren. Jack und ich sind die Jury. Finden wir nichts Passendes, bist du erlöst." Als ihr Jack zudem versprach, eine Lösung für das Beförderungsproblem zu finden, willigte sie ein. Dennoch folgte eine harte Verhandlung. Letztlich einigten sie sich auf fünf zur Auswahl. Die Verkäuferin wurde immer zutraulicher. Sogleich holte sie einige Modelle herbei, die Chris der Reihe nach anzog. Jedes Kleid präsentierte sie den Männern – wie ein Supermodel auf einem Laufsteg. „Nun, die Herren, wie wäre es damit?", fragte sie jedes Mal. Nach einer kecken Drehung erwartete sie das Urteil der Preisrichter. Jack und Andy musterten sie daraufhin streng und stimmten nach kurzer Beratung ab. Erstaunlicherweise waren beide stets gleicher Meinung. In Rot schien Chris sich nicht wohl zu fühlen, obwohl es nett aussah. Abgelehnt. Rosa wirkte eher wie ein Alptraum mit Rüschen. Definitiv kein Traumkleid. Abgelehnt. In weiß sah Chris wie eine Braut aus, was sie inakzeptabel fand. Abgelehnt. Das vierte Kleid war himmelblau, schlicht und ärmellos. Von den Schultern führte je eine Schärpe zu einem Rhombus aus dunkelblauen Perlen am Bauch. Der weite Rock des Kleides endete bei den Knöcheln. Der Saum kräuselte sich leicht. Ein zauberhafter Anblick. Beide Männer waren sich sofort einig. Angenommen. Chris versuchte erneut eine Ausrede zu finden. Sie wollte kein Kleid. Doch Andys Überredungskünste waren unschlagbar. Abgemacht ist abgemacht. Schließlich wollten sie zusammen auf eine Hochzeit gehen. Man heiratet nur einmal. Chris gab nach. Freudestrahlend packte die Verkäuferin alles ein. Überraschenderweise kostete es nicht so viel wie befürchtet. Die Hände voller Tüten verließen sie das Geschäft. Erleichtertes Aufatmen. Ein Blick zur Uhr. Unfassbar, aber sie hatten tatsächlich drei Stunden in dem Laden verbracht. Andys Magen knurrte. „Hunger?", fragte Chris die Männer. Schlecht gelaunt entgegnete Jack: „Nein. Bärenhunger." „Wohin?", erkundigte sich Chris. Missmutig antwortete Andy: „Joes Pizza und wehe, es gibt wieder Diskussionen." Erstaunt sahen Chris und Jack ihn an. Jetzt mussten alle drei lachen. „Einstimmig angenommen", ließ Jack verlauten. Ohne Umwege begaben sie sich zum genannten Restaurant.

~

In der Tat fand Jack auch die Lösung für das Motorrad-Kleid-Problem. Jemand aus dem Club kannte einen Taxifahrer. Da er auch eingeladen war, sah er es als unproblematisch an, Andy, Jack und Chris mitzunehmen. Am Tage der Trauung hielt er wie abgesprochen vorm Haus und hupte. Andy hatte Jack eben beim Anlegen der Manschettenknöpfe geholfen. Chris kam aus dem Schlafzimmer. Das himmelblaue Kleid stand ihr ausgezeichnet, dazu trug sie dunkelblaue Schuhe. Eine Haarsträhne war nach hinten gebunden. Darin steckte ein hellblaues Band, farblich auf das Kleid abgestimmt. Um ihre Schultern hing ein dunkelblaues Tuch. Andy stand in ihrem Bann: „Du siehst einfach traumhaft aus." Jack stimmte zu. „Ihr aber auch", entgegnete sie. Das Taxi hupte draußen erneut. Schon eilten sie die Stufen nach unten und stiegen ein. Der Fahrer drehte sich um und musterte seine Gäste. Nach einem Pfiff der Begeisterung begrüßte er die drei mit den Worten: „Wow, da hat sich das Warten gelohnt. Mein Name ist übrigens Jeff. Höchste Zeit, wir sind spät dran und müssen uns beeilen." Auf der Stelle legte er den Gang ein und jagte los, kreuz und quer durch die Stadt, permanent einer vermeintlichen Abkürzung folgend. Andy schien es allerdings, als würden sie eher Umwege nehmen. Verspätet erreichten sie das gewünschte Ziel. Das Fahrzeug hielt direkt vorm Standesamt. Augenblicklich sprangen sie aus dem Wagen. Rasch erklommen sie die Stufen. Das Brautpaar und die Gäste waren bereits im Trauungssaal. Die Zeremonie hatte zum Glück noch nicht begonnen. Jacks Handy klingelte. Josi. „Wo bleibt ihr denn bloß? Alle warten ungeduldig auf euch!", tönte es nervös am Ende des Telefons. Jack konnte sie beruhigen: „Wir sind doch da und stehen vor der Tür." Tim und Josi kamen aus dem Saal gestürmt, Alex und Sarah hinterdrein. Josi übernahm das Wort. Jeff zog sich zurück und mischte sich unter die Gäste. Unmissverständliche Anweisungen seitens Josis stellten klar, wie sich jeder der Trauzeugen verhalten sollte. Nur zur Sicherheit, wie sie meinte. Dabei hatten sie im Vorfeld schon alles mehrfach besprochen. Dem Brautpaar sollte Sarah nebst Alex folgen und zuletzt Chris mit ihren Männern. Josi stellte sich in Position. Mit ihrem Diadem im Haar und dem langen, taillenbetonten, schulterfreien Brautkleid glich sie einer Prinzessin. Den weiten Rock zierten weiße Seidenrosen. Die Ärmel, die aus Spitzenstoff bestanden, waren nicht am Kleid befestigt. Tim trug über seinem weißen Hemd einen schwarzen Anzug, diesmal gebügelt. Sarah zupfte rasch Josis Schleier zurecht. Chris hakte sich bei Andy und Jack ein. Endlich konnte es losgehen. Bedächtig schritten sie in den Saal. Die Gäste waren aus dem Häuschen. Was für eine bezaubernde Braut! Als jedoch Chris mit Andy und Jack im Arm den Raum betrat, erregten die drei beinahe mehr Aufmerksamkeit als das Brautpaar. Einige Anwesende wirkten verwundert. Eine Frau mit zwei Männern. Getuschel und Gemurmel ging reihum. Lediglich den Clubmitgliedern erschien es völlig normal, dass sie zusammen liefen. Am Traualtar stellte sich Andy anstandshalber hinter Jack und Chris. Schließlich waren die beiden Trauzeuge und nicht Andy.

Die Vermählung verlief ohne weitere Zwischenfälle. Alles war wunderbar, denn Josi hatte den Tag perfekt organisiert. Nichts war dem Zufall überlassen worden und das kleinste Detail geplant. Selbst das Wetter schien bestellt zu sein. Nach dem Ja-Wort gab es dennoch eine Überraschung. Vor der Tür standen Josis Kollegen und Schüler Spalier. Zudem war die Straße mit Bikern gefüllt. Ein Hupkonzert ertönte. Das traute Paar wurde mit Reis beworfen. Zuletzt mussten beide frisch Vermählten einen Baumstamm durchsägen. Eine schweißtreibende Angelegenheit. Nach reichlichen Siegesbekundungen stiegen Josi und Tim zusammen mit den Trauzeugen in eine Stretchlimousine. Die Motorräder bildeten eine Eskorte. Die Fahrt endete bei „Tonis Stübchen". Es spielte die gleiche Band, wie damals, am Tage des Heiratsantrages. Wie bei jenem Ereignis gab es auch diesmal reichlich Speisen und Getränke, außerdem eine Hochzeitstorte. Allerdings war das Buffet drinnen aufgebaut, für den Fall, dass das Wetter umschlagen würde. Die muntere Gesellschaft feierte ausgelassen. Keinesfalls durfte das Brautstraußwerfen fehlen. Diesen fing Sarah, die sich riesig freute. Alex sah es jedoch entspannt. „Kommt Zeit, kommt Rat", gab er zum Besten, und eines Tages würde es auch bei ihnen so weit kommen. Er müsse sich halt noch etwas einfallen lassen. Natürlich den Heiratsantrag betreffend, fügte er rasch hinzu, nachdem ihm Sarahs Miene aufgefallen war. Daraufhin musste selbst Sarah lachen. Die Tanzfläche wurde freigegeben und das Brautpaar eröffnete den Reigen. Die Menge bewegte sich nun zur Musik. An diesem Abend tanzte Chris abwechselnd mit Jack und Andy. Hin und wieder nahm Andy an ruhigerer Stelle Platz und beobachtete das Geschehen. Erst jetzt fiel ihm auf, wie eifersüchtig Jack eigentlich war. Wie ein Luchs passte er auf Chris auf. Keine Sekunde ließ er sie aus den Augen. Sobald jemand mit ihr sprach, ging Jack dazwischen. Wortgewandt, mit viel Humor, entführte er sie jedes Mal. Um keinen Ärger zu verursachen, fand er immer einen triftigen Grund, warum er die Unterhaltung unterbrechen musste. Kein anderer außer Andy durfte Chris zum Tanz auffordern. Charmant überspielte Jack die Situationen und zog seine Freundin mit sich. Der Betreffende konnte Jack somit in keiner Weise böse sein. Es erinnerte Andy an den Abend, als er das erste Mal mit Chris getanzt hatte. Das war hier in „Tonis Stübchen" gewesen. Diesmal hatte Jack nichts dagegen, dass Andy Chris beim Tanz in den Arm nahm. Während eines Schmusesongs trat Jack sogar einmal zu ihnen und schmiegte sich von hinten an Chris an. Zärtlich umfassten seine Arme erst Chris und zuletzt auch Andy. Zu dritt bewegten sie sich im Takt der Musik. Alles war perfekt.

Kurz vor Mitternacht bekam Jack jedoch heftige Kopfschmerzen. Er versuchte es vor Chris zu verbergen, doch keine Chance. Natürlich bemerkte sie es. Eine Schmerztablette half nicht wirklich. Selbst ein kleiner Ausflug zu Fuß brachte keine Besserung. Keine Frage, die Party war für Jack vorbei. Ihm war es unangenehm, denn er wollte kein Spielverderber sein. Andy und Chris fanden es nicht schlimm. Der Tag war wunderbar verlaufen. Die beste Zeit, die Hochzeitsfeier zu verlassen. Zudem wollten sie Jack nicht alleinlassen.

Kurzerhand wurde ein Taxi gerufen. Danach verabschiedeten sie sich vom Brautpaar und warteten vor der Gaststube, wo es weniger turbulent zuging.

~

Im späten Herbst meldete sich Andys Bruder Micha, wegen Gitte, ihrer Mutter. Micha war zwar der jüngere der Brüder, aber er hatte längst eine Ehefrau: Sandra eine Brünette mit halblangen Haaren. Vor einiger Zeit hatten beide ein kleines Haus erworben. Dieses lag ungefähr sechzig Kilometer von Gittes Wohnung entfernt. Normalerweise besuchten Micha und Sandra regelmäßig Gitte. Sandra erwartete nun ihr erstes Kind. Es war absehbar, dass sie die Besuche würde einschränken müssen. Gitte war noch rüstig, konnte aber nicht selbst Auto fahren. Bus und Bahn stellten eine Herausforderung dar – unzählige Male umsteigen und endlose Wartezeiten. Daher wollte Gitte in die Nähe ihres ersten Enkels ziehen. Micha meinte jedoch, es wäre viel angenehmer, wenn sie bei ihnen wohnen würde. Gitte könnte Sandra unterstützen und wäre nicht allein. Im Erdgeschoss befand sich neben dem Wohnzimmer und der Küche ein separater Raum. Dieser würde Gittes Zimmer sein. Das Gäste-WC lag direkt daneben. Gitte war begeistert. Blieb nur die Frage offen, wie sie ihre Sachen transportieren würden. Die kleinen Umzugskartons stellten kein Problem dar, denn sie passten bequem in den Kofferraum und auf den Rücksitz von Michas Auto. Allerdings hing Gitte an einigen Möbelstücken, die sie unbedingt behalten wollte. Unmöglich, diese in den Wagen zu laden. Micha hatte mit einigen Speditionen telefoniert, leider waren sie zu teuer. Gern

hätte Micha einen Umzugswagen gemietet, jedoch das Be- und Entladen konnte er nicht allein stemmen. Ein Rundruf seinerseits brachte keine Freiwilligen zusammen. Was nun? Micha schien verzweifelt.
Andy beruhigte ihn am Telefon: „Mach dir keine Sorgen. Durch den Motorradclub kenne ich eine Menge Leute. Ich kläre das. Wir finden eine Lösung." Andy versprach später zurückzurufen. Spontan wurde mit Ralf Kontakt aufgenommen. Natürlich hatten er und seine Brüder Zeit. Andy kam es so vor, als hätten sie nur auf Jacks Anruf gewartet.
Zum geplanten Termin ging es los: Die drei Brüder nahmen den Transporter, Andy und Jack ihre Motorräder. Chris fuhr abwechselnd auf dem Sozius der Bikes mit.
Gitte wohnte in der zweiten Etage eines sechsstöckigen Hauses in einem Altbaugebiet. Erfreut öffnete sie die Tür, als die Helfer angekommen waren. Gitte trug an diesem Tag einen türkisfarbenen Pullover zu einer schwarzen Hose. Der Hauch Lila in ihrem Haar ließ sie viel jünger aussehen als sie war. Man hätte sie gut auf Anfang fünfzig schätzen können, dabei zählte sie bereits achtundsechzig Jahre. „Andy, mein Lieber", rief sie. Er drückte sie liebevoll an sich mit den Worten: „Hallo Mama." Gitte strich ihm zärtlich übers Gesicht. „Gut siehst du aus, mein Junge", sagte sie. Andy stellte seine Begleitung vor: Ralf, Rudi, Roland, Chris und Jack. Gitte begrüßte jeden herzlich. Zuletzt sprach sie: „Schön, dass ihr euch Zeit genommen habt. Kommt erst einmal herein und stärkt euch. Micha ist auch gleich da. Sandra kämpft leider mit der morgendlichen Übelkeit und muss daher zu Hause

bleiben." Nach einem Begrüßungstrunk und reichlich Verpflegung packten sie gemeinsam Gittes Habseligkeiten in Kartons und Kisten. Micha hatte vorher lediglich einige Kleidungsstücke und Bettwäsche zu ihrem neuen Heim transportieren können. Alles andere meinte Gitte noch zu benötigen. Somit lag eine Menge Arbeit vor ihnen. Zum Glück waren Ralf und seine Brüder erfahrene Umzugshelfer und organisierten das weitere Vorgehen. Chris übernahm die Kleinteile. Geschirr und Vasen wickelte sie feinsäuberlich in Zeitungspapier und stapelte es rutschsicher in Kisten und Kartons. Nach der Beschriftung durch Gitte wurden diese verladen. Als die ersten Schränke leergeräumt waren, beschäftigten sich die Männer mit dem Abbau selbiger und der Verladung in den Transporter. Sobald der Laderaum des Transporters voll war, fuhren sie zu Michas Haus. Das Abladen verlief reibungslos. Sandra wies die Helfer ein – wo sie was abstellen sollten. Anschließend ging es zurück zu Gitte. Die Vorgänge wiederholten sich. Zuletzt fegten sie die leere Wohnung. Die Renovierung wollte Micha später ausführen. Das würde er selbst hinbekommen. Am Abend waren sämtliche Sachen in Michas Haus transportiert und die Möbel aufgestellt. Einige Kartons konnten bereits ausgepackt werden. Chris sortierte den Inhalt und baute die Gegenstände gemäß Gittes Wünschen auf. Es schien Gitte zu gefallen, mit wie viel Liebe Chris ihre Porzellanfiguren putzte und im Glasschrank arrangierte. Jedes Teil kam zur Geltung, die tanzende Ballerina, der Vogel auf dem Blatt und die Kinderfiguren sowie die anderen Exemplare. Gitte erzählte mit Begeisterung die

Geschichte zu jedem Stück, woher es kam, welche Besonderheit es besaß und was es einzigartig machte. Chris konnte gut zuhören. Zuletzt stellte sie ein Hochzeitsfoto von Gitte und ihrem verstorbenen Mann auf. Ein kunstvolles Gesamtbild war entstanden. Gitte betrachtete es lange. Schließlich beendete sie das Treiben. Es war spät geworden und Micha sollte zur Feier des Tages den Grill entfachen. Die Helfer würden garantiert Hunger haben. Die übrigen Kartons würde sie schon selbst mit Michas sowie Sandras Hilfe bewältigen können. Bevor es ans Grillen ging, sollte aber noch besprochen werden, wer wo schlafen sollte. Ungewollt entbrannte eine Diskussion über die Schlafplatzverteilung. Es begann mit Ralf und seinen Brüdern. Sie wollten unbedingt im Transporter übernachten. Ihr Heiligtum sollte nicht unbewacht bleiben. Sandra protestierte. Im Haus gab es genug Platz. Warum wollten die drei nicht hierbleiben? Niemand konnte Ralf und seine Brüder umstimmen. Jack ließ beiläufig verlauten, dass sie ihre Schlafsäcke im Wohnzimmer auf dem Boden ausbreiten würden. Sandra fand das unmöglich, da die Couch ausziehbar war. Für drei Personen würde es allerdings eng werden können. Gitte schlug vor, dass Andy bei ihr schliefe. Doch Andy entgegnete: „Mama, ich bin kein kleines Kind mehr." Infolgedessen bestand Gitte darauf, dass Andy und Jack die Couch nähmen. Chris sollte in ihrem Zimmer übernachten. Das Bett wäre breit genug für zwei zarte Damen, wie sie mehrfach wiederholte. Chris mochte aber nicht von Jack getrennt sein. Andy atmete tief durch. „Jetzt haltet mal die Luft an. Es geht nur um eine Nacht. Ihr benehmt euch wie im Kindergarten! Eigentlich wollten wir endlich etwas essen oder nicht?", schimpfte er. Die Menge verstummte. Andy hatte ja Recht. Anstatt sich über die Schlafgelegenheiten zu streiten, sollte es besser ums leibliche Wohl gehen. Abschließend sprach Andy ein Machtwort: Die Brüder im Fahrzeug, Gitte in ihrem Bett und zu dritt würden sie schon genug Platz im Wohnzimmer haben. Er war es leid. Bloß keine weiteren Streitgespräche! Dies wollten auch die anderen nicht und fügten sich. Nun konnte es zum gemütlichen Teil übergehen. Sandra hatte eine Menge Leckereien zubereitet. Mit Chris verteilte sie diese nebst Getränken auf dem Tisch im Wohnzimmer. Durch eine große Glastür konnte man auf die Terrasse gelangen. Micha stellte den Grill dort auf. Reichlich mit Holzkohle bestückt, brannte dieser im Nu. In geselliger Runde nahmen sie darum herum Platz. Sie hielten es aber nicht lange aus und zogen mit Sack und Pack nach drinnen, denn es war kühl geworden. Der Grillmeister musste jedoch draußen bleiben. Micha nutzte die Gelegenheit. Er wollte offenbar mit Andy allein reden. Während der Unruhe beim Hineingehen hielt Micha ihn unauffällig zurück. Die große Glastür der Terrasse wurde bis auf einen Spalt geschlossen. Man konnte ins Innere des Wohnzimmers hineinsehen. Die anderen nahmen Sessel und Couch in Besitz. Jack unterhielt die Menge. Ralf und seine Brüder waren urige Typen und sorgten für ausgelassene Stimmung. Die Anwesenden amüsierten sich prächtig.

Micha reichte Andy ein Bier. Sie stießen an. „Deine Freundin ist nett", sagte er, als die anderen lautstark zu lachen begannen. Andy widersprach: „Nein, das ist nicht meine Freundin. Sie gehört zu Jack. Wir leben nur zusammen in einer Wohngemeinschaft." Micha grinste ihn an: „Ach. Hast du nicht auch eine eigene Wohnung? Oder hab ich etwas verpasst? Also, wenn man euch drei so sieht, könnte man meinen, Chris und du seid das Paar und Jack ist euer Kind." „Ach, Quatsch!", entgegnete Andy und blickte zu Chris. Er beobachtete sie. Gitte legte eben eine Strickjacke um Chris' Schultern und strich ihr übers Haar. Offensichtlich mochte sie Chris sehr. Mit Sandra kam Gitte zwar auch gut aus, aber ihr Verhältnis war anders. Andy wusste, dass sich Gitte seit jeher eine Tochter gewünscht hatte, eine wie Chris. Bevor Micha geboren wurde, hatte sie sogar rosa Babysachen gekauft, in der Hoffnung, es würde ein Mädchen sein. Die Tatsache, dass es ein Junge war, störte sie trotzdem nicht. Hauptsache gesund, war ihr Motto. Andy und sein Bruder hatten nie das Gefühl, dass Gitte beide weniger lieben würde, nur weil sie männlicher Natur waren. Jetzt hoffte Gitte auf eine Enkelin. Beinahe vergaß Andy beim Nachdenken, dass sein Bruder neben ihm stand. Micha starrte Andy von der Seite an: „Oh Mann, dich hat es ganz schön erwischt. Wohngemeinschaft also. Mhm. Ich dachte, du wolltest keine Frauengeschichten mehr?" „Tu mir einen Gefallen und lass das Thema, Micha", sagte Andy unwirsch. „Erzähl mir lieber, wie es euch und dem Baby geht." Micha legte kameradschaftlich seinen Arm um Andys Schultern: „Du weißt ja – falls etwas sein sollte: Wir sind immer für dich da. Du kannst jederzeit anrufen oder vorbeikommen. Notfalls stehen wir auch auf deiner Matte, um dich zu unterstützen." Ein Lächeln glitt über Andys Gesicht: „Ich weiß. Danke." Darauf entspannte sich Micha und begann zu berichten: „Bei uns und dem Baby ist alles bestens. Anfang vierter Monat. Wenn man genau hinsieht, erkennt man schon den Babybauch. Letzten Dienstag waren wir beim Frauenarzt. Unglaublich, was man auf so einem Ultraschallbild sehen kann …"

~

Die Wochen verstrichen. Der Winter kam früher als erwartet, allerdings wenig Schnee, dafür mit klirrender Kälte. Häufig Blitzeis. Viel zu gefährlich zum Motorradfahren und zu ungemütlich, um draußen zu sein. Ein Glück, dass die Conrad-Wolf-Straße nahe Andys Arbeitsstätte war. Er nahm kurzerhand den Fußweg. Selbst Jack ließ sein Motorrad stehen und fuhr mit der S-Bahn. Manchmal holte ihn Klaus, sein Chef, sogar ab. Fast allen Mechanikern gab er frei, als die Auftragslage schlechter wurde. Doch Jack war zu gut, um ihn zu Hause bleiben zu lassen. Er konnte einfach alles reparieren, auf ihn mochte Klaus daher nicht verzichten.

Andy besuchte seine eigene Wohnung bloß, um sicherzugehen, dass nichts einfror. Hin und wieder reinigte er sie auch. Andys Behausung hatte nach wie vor kaum Möbel. Wann hätte er auch etwas besorgen sollen und warum? Er lebte ja bei Jack und Chris. Seine Post wurde längst der Adresse in der Conrad-Wolf-Straße zugestellt. Oft überlegte Andy sich, ob er seine Wohnung aufgeben sollte. Letztlich entschied er sich stets dafür, sie weiterhin zu behalten. Den Grund konnte er sich nicht erklären. Es war ein

Bauchgefühl. Eigentlich wollte er weder seine ungewöhnliche Dreierbeziehung beenden, noch bei Jack und Chris ausziehen. Ein Leben ohne die beiden konnte er sich nicht mehr vorstellen. Er fühlte sich wohl, obgleich er sich danach sehnte, mehr zu tun, als den Arm um Chris zu legen. Seit er bei den beiden wohnte, küsste Jack Chris nie in Andys Gegenwart. Zudem liebte Jack sie nur im Schlafzimmer, bei geschlossener Tür. Warum auch immer, war es in Ordnung, so wie es war. Oft grübelte Andy über ihre Beziehung. Ihm wurde jedoch nie klar, weshalb es auf diese Weise funktionierte.

Ihre Freunde kamen wie gewohnt zahlreich, trotz des strengen Winters. Meist brachte jemand etwas mit. Größtenteils Essbares, manchmal Spiele oder Bastelideen. Zusammen verbrachten sie Stunden mit Brett- oder Kartenspielen. Chris kochte und backte oft für alle. Gern übernachteten die Besucher bei ihnen. Ohne Zweifel mochten sie die angenehme Atmosphäre. Lediglich an den Weihnachtsfeiertagen blieben sie fern. Andy musste in diesem Jahr an den Feiertagen arbeiten. Keine Zeit zum Entspannen. Schulle organisierte eine riesige Silvesterparty. Das umgebaute Fabrikgebäude bot genügend Platz für alle geladenen Gäste.

Frau Lüttichs Leben entwickelte sich ebenfalls positiv. Herr Baumann hatte ihr Herz im Sturm erobert. Er besuchte sie nahezu täglich. Normalerweise blieb er bis zum Kaffeetrinken. Andy, Chris und Jack gesellten sich einige Male am Wochenende dazu. Frau Lüttich freute sich riesig. So viele Gäste, und das in ihrer Lage und ihrem hohen Alter. Manchmal erschien es Andy jedoch, als würden ihre Besuche die traute Zweisamkeit der beiden älteren Herrschaften stören.

Eines Tages kam Chris sehr spät von der Arbeit. Sie sah nicht nur müde, sondern auch fiebrig aus. Um ihre Augen hatten sich dunkle Ringe gebildet, zudem war sie sehr blass. Ihren Husten konnte man nicht überhören. Viele ihrer Kollegen waren bereits krank. Nun schien es auch sie erwischt zu haben. Sie suchte nach einem Fieber- und Schmerzmittel. Leider war im Küchenschrank bei den Medikamenten nichts Geeignetes zu finden. Dabei war sie überzeugt, erst kürzlich Tabletten geholt zu haben. Es half nicht, sich zu wundern oder zu grämen. Mit einem tiefen Seufzer schloss sie die Schranktür. Jack sagte: „Tut mir leid, da haben wir wohl vergessen Neues zu besorgen." Andy wollte schon zum nächsten Apotheken-Notdienst loslaufen. Doch Chris war es unangenehm. „Das musst du nicht tun, um diese Zeit bei der Kälte draußen umherlaufen. So schlimm ist es auch wieder nicht. Ich lege mich schlafen und morgen ist alles wieder gut", meinte sie, worauf sie im Schlafzimmer verschwand. Die Männer sahen sich verwundert an. Nichts essen, nichts trinken, kein Abstecher ins Bad. Sie verhielt sich sonst nie so. Es musste ihr unheimlich schlecht gehen. Jack kramte sicherheitshalber noch einmal im Küchenschrank und durchwühlte alle Taschen. Leider fand er nichts, außer einer Tüte heißer Zitrone. „Verdammt", schimpfte er, „da hab ich wohl die letzte Packung aufgebraucht. Ich hätte schwören können, irgendwo noch eine Tablette zu haben." Sie bereiteten das Zitronengetränk zu. Als sie das Schlafzimmer betraten, schlief Chris bereits. Sie hatte sich, so wie sie war, aufs Bett gelegt, komplett bekleidet. Die Bettdecke war ein Stück über sie gezogen. Für mehr schien ihre Kraft nicht gereicht zu haben. Andy stellte die Tasse mit dem Heißgetränk auf dem Nachttisch ab. Mit Jacks Hilfe deckte er Chris richtig zu. Sie bemerkte von allem nichts und schlief tief. Die Männer zogen sich zurück und begaben sich selbst zur Nachtruhe.

Mitten in der Nacht rüttelte Jack Andy unerwartet aus dem Schlaf: „Wach auf Andy!", rief er aufgeregt, „Chris geht es schlecht." Jack stürmte zurück ins Nebenzimmer. Schlaftrunken torkelte Andy hinterdrein. Als er Chris sah, war er schlagartig wach. Sie zitterte am ganzen Körper und schien nicht bei Bewusstsein. Andy fühlte ihre Stirn. Sie glühte förmlich. „Sieht nach Schüttelfrost aus oder einem Fieberkrampf", sagte Andy und grübelte vor sich hin. „Normalerweise haben Letzteres nur Kinder." Darauf wies Andy an: „Jack, hol ein Fieberthermometer und dann ruf den Notarzt. Ich mache unterdessen Wadenwickel." Jack stürzte los. Er fand in der Tat ein Thermometer und stolperte damit zurück ins Schlafzimmer. Unbeholfen stand er neben dem Bett und schien nicht zu wissen, was zu tun war oder wohin mit dem Messgerät. „Versuch's unterm Arm. Ich hole Handtücher und kaltes Wasser für die Wadenwickel", entgegnete Andy und rannte los. Beim Zurückkommen piepte eben das Thermometer. „Vierzig!", rief Jack erschrocken und schluckte schwer. Die Angst, sie zu verlieren stand in seinen Augen. Völlig gelähmt starrte er erst auf die Anzeige und dann zu Chris. Andy schob ihn Richtung Wohnzimmer mit den Worten: „Jetzt den Notarzt.

Nun mach schon!" Sogleich versuchte Andy, Chris' Hose hochzukrempeln, für die Wadenwickel. Leider ohne Erfolg. Zu eng. Die Hose musste ausgezogen werden. Ziemlich schwierig, da sie so zitterte. Jack half ihm schließlich. Er konnte sich ohnehin nicht durchringen, das Zimmer zu verlassen. Chris fühlte sich unglaublich heiß an. Die nassen Handtücher wickelte Andy um ihre Beine. Darüber packte er trockene Tücher. Jack stand bleich neben ihm. Noch einmal rief Andy Jack zu: „Ruf den Notarzt an, jetzt!" Sich mit einer Hand die Haare raufend, lief Jack nun unruhig im Zimmer auf und ab. Dabei stammelte er in sein Handy: „Bitte kommen Sie schnell! … Was? Ähm, Fieberkrampf. … Nein, kein Kind, eine Erwachsene. … Wohin? Ja, Conrad-Wolf-Straße Nummer sechzehn im vierten Stock bei Wild und Hofmann." Es schien, als würde Jack jeden Moment vor Sorge durchdrehen. Daher beschäftigte ihn Andy mit Wasser holen für die Wadenwickel und Anlegen selbiger. Auf diese Weise rannte Jack nicht umsonst hin und her. Fünfzehn Minuten später klingelte es an der Haustür. Jack hastete zum Türöffner und riss die Wohnungstür auf. Kurz darauf kam ein älterer, runder Mann die Treppe herauf und schnaubte schwer. Er stellte seine Arzttasche ab, ehe er sich den Schweiß von der Stirn wischte. „Was für eine Nacht!", stöhnte er atemlos, „im Haus gegenüber musste ich auch schon in die vierte Etage laufen. Kein Fahrstuhl. Hoffentlich kommen nicht noch mehr solcher Einsätze."

Während der Untersuchung warteten Jack und Andy ungeduldig im Wohnzimmer. Endlich kam der Arzt aus dem Nebenraum. „So, die Spritze sollte helfen.

Die nächsten Tage Bettruhe und dreimal täglich eine Tablette davon. Sollte es in fünf Tagen nicht besser sein, sollten Sie mit ihr in die Klinik fahren. Hier meine Visitenkarte – für alle Fälle. Und noch eins: Das mit den Wadenwickeln haben Sie gut gemacht. In Zukunft sollten Sie jedoch immer ein Mittel gegen Fieber im Hause haben." Der Arzt drückte Andy die Karte und Medizin nebst Krankenschein in die Hand. „Meine Herren!", verabschiedete er sich und verschwand. Beide stürmten ins Schlafzimmer. Chris war wieder zu sich gekommen und zitterte bei weitem nicht mehr so heftig. Sie versuchte sich die Decke überzuziehen. „Mir ist so kalt", flüsterte sie. Beide Männer reagierten sofort. Jack krabbelte übers Bett und drückte sie fest an sich, bevor er seine Bettdecke über Chris zog. Er schien erleichtert, dass es ihr besser ging. „Du machst mir Spaß", sagte er, „vierzig Fieber und frieren." Andy holte seine Decke von nebenan. Danach legte er diese behutsam über Chris. Als er ihre Hand berührte, hielt sie seine fest. Andy blickte vorsichtig zu Jack. Der meinte lediglich: „Nun leg dich schon zu uns. Ohne dich wäre das eben schiefgegangen. Außerdem brauchen wir dringend Schlaf." Er und Chris rückten ein Stück, sodass Andy genug Platz hatte. Vorsichtig schmiegte er sich an und legte seinen Arm um Chris. Das hatte er nie zu hoffen gewagt, zu schön um wahr zu sein.

Am Morgen wachte Andy neben Chris und Jack auf. Es war also doch kein Traum. Ein gutes Gefühl, Chris so nah zu spüren. Ihr Fieber war deutlich gesunken. Ein Arm lastete allerdings schwer auf ihm, Jacks Arm. Er hatte Chris und Andy umfasst und schlief, ebenso wie sie. Stundenlang hätte Andy so liegen bleiben können, leider war es Zeit zum Aufstehen. Nebenan hörte er den Weckruf seines Handys. Die Tür zum Wohnzimmer stand noch offen von der vergangenen Nacht. Vorsichtig löste sich Andy von den beiden. Gleich darauf brachte er sein Handy zum Schweigen. Nach dem Aufsuchen des Bades kochte er Kaffee und bereitete belegte Brote zu. Schließlich mussten er und Jack zur Arbeit. Natürlich gab es auch ein Stullenpaket für Chris. Vorsichtig nahm er Jacks Arm von Chris und rüttelte danach kräftig an dessen Schultern, um ihn zu wecken. Es kostete viel Mühe. Frühmorgens aufstehen war in der Tat nicht Jacks Ding. Völlig benommen erhob er sich. Wie gewohnt, schlurfte er stöhnend ins Bad, die Hände gegen seinen Kopf gepresst. Bald war auch er angezogen und startklar. Erfreut nahm er zur Kenntnis, dass Andy den Frühstückstisch gedeckt und die Brote geschmiert hatte. „Ach Andy, was würden wir bloß ohne dich machen", entgegnete Jack.

Chris' Zustand besserte sich in den folgenden Tagen. Dafür ging es den Männern schlechter – sie hatten sich angesteckt. Diesmal gab es genug wirksame Medikamente. Chris hatte gut vorgesorgt. Jeder bekam eine Tablette, eine Tasse heißer Zitrone und die unmissverständliche Aufforderung, sich ins Bett zu begeben. Als Andy sich auf der Couch niederlassen wollte, wiederholte sie ihre Worte: „Andy, das Bett, nicht das Sofa." Er schaute sie ungläubig an. Das Bett? Das war ihr Platz, nicht seiner. Dennoch mochte er nicht widersprechen. Chris ergriff seinen Arm und führte ihn ins Schlafzimmer. „Du bist krank und brauchst ein richtiges Nachtlager zum Auskurieren. Ich mache es mir solange auf der Couch gemütlich. Außerdem störe ich euch nicht, wenn ich morgen früh aufstehe und zur Arbeit gehe." Sie klang, als könne man sie nicht umstimmen. Da Andy nicht zum Diskutieren zu Mute war, legte er sich nieder, neben Jack. Ein merkwürdiges Gefühl. Ihm wäre Chris lieber gewesen. Es tat dennoch gut, auf einer richtigen Matratze zu liegen, in jedem Fall angenehmer als auf dem Sofa. Andy kuschelte sich in die Decke und das Kissen. Hier duftete alles nach ihr, dabei hätte seine Nase eigentlich keinen Geruch wahrnehmen dürfen. Diese war sicher so rot wie Jacks Nase. Hoffentlich sah er nicht ebenso blass aus. Jack glich beinahe einem Geist. Chris setzte sich ans Fußende des Bettes mit den Worten: „Jetzt ruht euch schön aus, meine Lieben. Wie wäre es mit einer Gute-Nacht-Geschichte, damit ihr besser einschlafen könnt?" Auf Andys und Jacks: „ähm" und „och" nebst Schulterzucken sagte sie ironisch: „Mann, seid ihr euphorisch. Aber gut, überredet." Nach einem tiefen Atemzug begann sie zu erzählen. Ihre Stimme entführte sie ins Reich der Phantasie. Sie kannte wirklich ein ungewöhnliches Märchen. Ein derartiges hatte Andy noch nie gehört. Oder dachte sie sich dieses eben aus? Wie auch immer. Ihm ging es viel zu schlecht, um darüber nachzudenken. Er wurde unendlich müde. Kaum ein Wort verstand Andy von dem was sie sagte, nur so viel: Zwei Freunde kämpften gegeneinander und der Sieger bekam die Prinzessin mitsamt dem Königreich. Ehe Andy einschlief, raunte er: „Wie im richtigen Leben: Es gibt am Ende einen Gewinner, der alles bekommt. Der

andere ist immer zweite Klasse und geht leer aus."
Sie verstummte. Andy spürte, wie ihn jemand behutsam zudeckte und ihm zärtlich übers Haar strich.

~

Im Mai des kommenden Jahres entschlossen sie sich das Wohnzimmer zu renovieren. Chris hatte eine hellgelbe Tapete gekauft. Die Möbel waren zusammengeschoben und abgedeckt. Zeitungspapier sowie Pappe lag überall auf dem Boden verteilt. Es zeigte sich, dass dies auch notwendig war. Zwischen zuschneiden und ankleben alberten sie herum. Tapetenleim kleckerte auf die ausgelegte Pappe. Das Anbringen an die Wand übernahmen Chris und Andy. Beide arbeiteten Hand in Hand. In der Zwischenzeit faltete Jack für jeden einen Hut aus Zeitungspapier und unterhielt die anderen. Der ideale Entertainer. Zudem entstanden ein Scherenschnitt nach dem anderen sowie diverse Masken. Chris schimpfte. Die Tapete sollte an die Wand und nicht in Schnipsel aufgelöst werden. Jack griff ein letztes Mal zur Schere. Ein Herz kam dabei heraus, welches er erst auf seine Brust hielt und dann Chris überreichte. Allein seine Mimik bettelte um Vergebung. Man konnte ihm einfach nicht böse sein. Jack war an diesem Tag besonders gut drauf. Die Tapetenrollen waren im Nu angebracht. Fehlte nur noch eine Bahn. Auf keinen Fall wollte Jack sich nehmen lassen, diese höchstpersönlich anzukleben. Mit viel Trara stieg er die Stufenleiter empor. Auf der obersten Stufe angekommen, hob er die Arme hoch. Plötzlich ließ er die Tapete fallen. Er brach zusammen und stürzte rücklings von der Leiter. Chris schrie auf und Andy sprang los. Im letzten Moment konnte er Jack auffangen, wurde jedoch von ihm mit umgerissen. Beide prallten hart auf den Fußboden. Andy konnte zum Glück verhindern, dass Jacks Kopf aufschlug. Er hielt den Freund im Arm. Vorsichtig ließ Andy los und rappelte sich auf. Chris fixierte Andy besorgt. „Alles gut. Mir ist nichts passiert", entgegnete er. Sie blieb angespannt, denn Jack lag bewusstlos auf dem Boden. Nun stürmte Chris heran und umklammerte ihn mit den Worten: „Jack! Nein! Bitte nicht!" Andy ergriff umgehend sein Handy und rief den Notarzt. Danach versuchte er Erste Hilfe zu leisten. Das gestaltete sich schwierig, weil Chris Jack nicht loslassen konnte und ihn fest an sich drückte. Man sah ihr die Angst an, ihn zu verlieren. Erst als Andy ihr schwor, dass alles gut würde, wenn sie ihn helfen ließe, rückte sie ein Stück beiseite. Sie kniete dicht neben Jack und beobachte Andy und alles, was er tat. Jack atmete ruhig, der Puls etwas schwach, kein Fieber. Das war kein Schlaganfall und kein Herzinfarkt. Es sah aber auch nicht gut aus. Bloß nichts Unüberlegtes sagen oder unsicher wirken, Chris würde in Panik verfallen. Kurzerhand brachte er Jack in die stabile Seitenlage.

Knappe zehn Minuten später kam der Krankenwagen. Jack war noch immer nicht aufgewacht. Andy zog Chris zur Couch, damit die Mediziner mehr Platz hatten. Jack wurde untersucht, Messgeräte angeschlossen, verschiedene Medikamente gespritzt. Andy hielt Chris unterdessen fest und redete auf sie ein. Sie sollte sich entspannen. Die Ärzte täten das Richtige. Alles würde gut werden. Es schien jedoch nicht zu funktionieren. Chris sah verzweifelt aus. Der Notarzt wies mit einer Kopfbewegung auf sie: „Wir nehmen sie besser auch mit. Ich würde ihr sicherheitshalber ein Beruhigungsmittel geben." Doch Andy meinte, dass sie das schon hinbekämen. Chris müsse lediglich den ersten Schock verdauen. Beide folgten dem Arzt in den Krankenwagen, in dem Jack transportiert wurde. Zärtlich berührte Chris Jacks Gesicht und Haar. Mit Blaulicht raste das Fahrzeug zum Krankenhaus. Unterwegs berichtete Andy dem Arzt von Jacks Kopfschmerzen. Vielleicht gab es einen Zusammenhang mit seinem Kollaps. In der Notaufnahme angekommen, wurde Jack eilig davongeschoben. Andy und Chris warteten vor dem Behandlungsraum.

Die Stunden vergingen. Chris wurde zunehmend nervöser und hilfloser, denn sie befürchtete das Schlimmste. Trotz aller Bemühungen seitens Andys, konnte sich Chris nicht beruhigen. Sie schien jeden Moment durchzudrehen, vor Angst um Jack. In Andys Kopf hämmerte es, wie sehr musste Chris mit Jack verbunden sein, um so zu reagieren. Vielleicht war seine Hoffnung, eines Tages mit ihr zusammen sein zu können, vergebens? Jemand der so liebte, würde sich nicht von seinem Partner trennen. Aber ohne Chris leben, das konnte er sich auch nicht vorstellen. Letztlich nahm er sie in den Arm. Mit einem Mal wurde ihm bewusst, dass er sich nichts mehr wünschte, als dass Chris ihn eines Tages ebenso lieben würde wie Jack. Was wäre, wenn Jack stürbe? Hätte er eine Chance? Am Ende schämte er sich für seine Gedanken. Jack war schließlich sein bester Freund. Ihm ging es schlecht und er sollte genesen.

Nach schier endloser Wartezeit kam der behandelnde Arzt – Doktor Bernhardt. Sein Blick verriet bereits, dass er keine guten Nachrichten bringen würde. Umsichtig versuchte er die Informationen möglichst schonend zu übermitteln. Dennoch schlugen seine Worte ein wie ein Blitz: „Ihrem Freund geht es den Umständen entsprechend gut. Seine Schmerzen müssen allerdings fürchterlich sein. Momentan haben wir ihn in einen künstlichen Schlaf versetzt, damit er sich erholen kann. Morgen können Sie ihn besuchen." Er atmete tief durch, ehe er weitersprach: „Andy, Sie hatten Recht. Es gibt tatsächlich eine Verbindung zwischen den Kopfschmerzen und dem Zusammenbruch. Wir haben die Ursache gefunden. Die MRT war eindeutig. Bedauerlicherweise ist der Hirntumor so ungünstig gelegen, dass eine Operation unmöglich ist. Ihr Freund würde den Eingriff nicht überleben. Zudem gibt es im gesamten Körper schon Metastasen. Selbst bei Chemotherapie gäbe es kaum Überlebenschancen. Ich werde ein paar Kollegen zu Rate ziehen, um zu besprechen, wie wir Ihren Freund am besten therapieren." Ehe er zu Ende gesprochen hatte, knickten Chris' Beine ein. Andy fing sie auf und ließ sie auf einem Stuhl Platz nehmen. Was für ein Schock! Chris zitterte leicht und brachte keinen Ton hervor. Dicke Tränen rannen über ihr Gesicht. Doktor Bernhardt eilte mit einem Becher Wasser herbei, ehe er Chris ein Beruhigungsmittel verabreichte. Sie saß da, wie ein Häufchen Elend. Andy redete auf sie ein: „Chris, Jack ist nicht tot. Er lebt und braucht dich jetzt mehr denn je. Du musst stark sein, für ihn." Sie nickte. Er legte seine Arme um sie: „Zusammen schaffen wir das." Darauf hielt sich Chris an Andy fest. Lange saßen beide auf diese Weise auf ihren Stühlen. Doktor Bernhardt wurde unterdessen zu anderen Patienten gerufen. Er kam mehrmals wieder und fragte nach Chris' Befinden.

Es dauerte eine Weile, bis die Wirkung des Mittels einsetzte und Chris endlich aufhörte zu zittern. Erst dann begaben sie sich auf den Heimweg. Erneut begegneten sie Doktor Bernhardt. Es bot an, beide zu fahren. Seine Dienstzeit endete eben. Andy lehnte dankend ab. Die frische Luft und das Laufen würden sicher guttun. Dies bestätigte sich auch. Behutsam legte Andy seinen Arm um Chris' Schultern. Offenbar mochte sie es, denn sie umfasste seine Hüfte. Ihre Tränen trockneten unterwegs. Zu Hause wirkte Chris, als hätte sie sich gefangen. Alles geschah wie gewohnt, nur ohne Jack. Bevor sie sich zur Nachtruhe begaben, sagte Andy: „Chris, wenn etwas sein sollte, ich bin für dich da. Du kannst jederzeit zu mir kommen." Sie antwortete mit einem dankbaren Lächeln auf den Lippen.

In der Nacht wachte Andy von einem unbekannten Geräusch auf. Bei näherer Untersuchung bemerkte er, dass es aus dem Schlafzimmer kam. Er legte sein Ohr an die Tür. Chris' Schluchzen war nun deutlich zu hören. Dennoch wagte er nicht die Tür zu öffnen und das Nebenzimmer zu betreten. Sollte er zu ihr gehen? Vielleicht würde sie es falsch verstehen, jetzt, da Jack im Krankenhaus war? Bestimmt wäre sie zu Andy gekommen, wenn sie Trost gesucht hätte. Wahrscheinlich wollte sie ihren Schmerz allein verwinden, redete er sich ein. Leise ging er zurück zur Couch. Er grübelte vor sich hin, was zu tun sei. Unsicher, ob es richtig war, legte er sich nieder. Unmöglich einzuschlafen. Er hörte, wie Chris die halbe Nacht bitterlich weinte. Nachdem es ruhig geworden war, übermannte ihn die Müdigkeit.

Am Morgen schien Chris ihre alte Stärke wieder zu haben. Lediglich ihre Augen verrieten, dass sie geweint hatte. Sie packte eine Tasche mit Jacks Sachen und dem Nötigen, das man im Krankenhaus brauchte. Als sie damit fertig war, fragte sie Andy, wann die beste Zeit wäre, Jack zu besuchen. Andy schlug den Nachmittag vor. Ab 14 Uhr sollten alle Untersuchungen erledigt sein. Zudem war dies die offizielle Besuchszeit. Chris beschäftigte sich solange mit der Fertigstellung der Renovierungsarbeiten und dem Aufräumen. Natürlich half Andy. Kurz vor dem geplanten Krankenbesuch war alles fertig. Gutes Timing. Sogleich fuhren sie zu Jack. Er war bereits verlegt in ein normales Krankenzimmer. Keine Intensivstation mehr. Bevor sie den Raum betraten, kam Schwester Berta heraus. Eine ältere Frau, alte Schule. In strengem, unfreundlichem Ton fauchte sie beide an: „Nur ein paar Minuten. Der Patient braucht Ruhe." Andy kannte sie gut. Sie meinte es nicht so, wie sie es sagte.

Jack war inzwischen wach, hing aber noch an medizinischen Geräten. In seinem Zimmer lag außer ihm niemand. Chris versuchte die gedrückte Stimmung zu überspielen, was Jack begrüßte. Er mochte offensichtlich ungern über das Thema Krankheit reden. Vorwürfe hätten auch nicht weitergeholfen. Ihre liebevolle Art tat ihm sichtlich gut. Ebenso ihre Worte: „Was immer geschehen sollte, du kannst auf mich zählen. Ich bleibe bei dir und lass dich nicht im Stich." Jack entgegnete erfreut: „Danke." und „Ich liebe dich so sehr." Chris lächelte ihn an und drückte ihn zärtlich. Ein Kuss folgte. So viel Kraft hatte Andy ihr gar nicht zugetraut, vor allem nicht nach den gestrigen Ereignissen und denen der letzten Nacht. „Hey Leute, ich bin auch noch da", sagte Andy und versuchte die Stimmung aufzulockern. Sein Vorhaben gelang. Jack und Chris lachten. „Du bist mein bester Kumpel", entgegnete Jack, „ich bin so froh, dass es dich gibt." Leider kam in diesem Moment Schwester Berta herein und beförderte die Besucher hinaus. „Genug Anstrengung für heute. Ende der Besuchszeit", befahl sie. Selbst Andys Überredungskünste konnten sie nicht umstimmen. Andy und Chris mussten das Zimmer verlassen. Schweren Herzens verabschiedeten sie sich. Bevor sie gingen, klärten sie aber noch, wer von ihnen Jack zu welcher Zeit besuchen würde. Chris hatte diese Woche Spätdienst. Sie wollte vor ihrer Arbeitszeit bei ihm sein. Andy arbeitete hier und würde in den folgenden Tagen in der Mittagspause und auf jeden Fall nach Feierabend vorbeikommen. Unwirsch stellte sich Schwester Berta zwischen Besucher und Krankenbett. Beinahe wäre sie handgreiflich geworden. Barsch warf sie den Gästen an den Kopf, sie sollten gefälligst Rücksicht auf die Gesundheit des Patienten nehmen.

Gemeinsam verließen sie die Klinik. Auf dem Weg zum Parkplatz der Klinik wendete sich Chris von Andy ab. Sie gab sich alle Mühe, ihre Tränen zu verbergen. Doch Andy bemerkte sie. Offenbar spielte sie nur die starke Frau. Andy blieb stehen. „Du musst dich nicht verstellen, Chris", sagte er. „Ich meine es ernst: Ich bin für dich da." Er zog sie heran und drückte sie an sich. Nach dem Loslassen strich er ihr zärtlich übers Gesicht. Ein schüchternes Lächeln legte sich auf ihre Lippen: „Danke."

Alles Weitere verlief wie besprochen. Andy und Chris besuchten Jack so oft es möglich war. Die Ärzte stellten für Jack die notwendigen Medikamente zusammen, dazu eine Auswahl an Vitaminpräparaten. Diese musste er fortan zu sich nehmen. Es schien ihm damit besser zu gehen. Die medizinischen Geräte wurden bald abgebaut. Jack durfte aufstehen und umherlaufen. Andy befürchtete jedoch, dass Jack die Klinik nicht mehr verlassen würde, sondern in die Pflegestation käme.

Wenige Tage nach dem Vorfall gab es ein langes Beratungsgespräch in Doktor Bernhardts Büro. Er hatte sich Unterstützung geholt, zwei renommierte Professoren auf dem Gebiet der Krebsforschung. Andy und Chris nahmen neben Jack Platz. Chris hielt Jacks Hand. Die beiden Ärzte berichteten von Erfolgen bei neuartigen Krebstherapien und wollten Jack trotz allem überreden, einer Chemotherapie zuzustimmen oder wenigstens einer Testreihe. Es gab ein neues Mittel. Für dieses könnte er sich als Proband zur Verfügung stellen. Ohne eine Sekunde nachzudenken lehnte Jack ab. Er wehrte sich entschieden gegen jegliche Versuche, ihn zu bekehren. Seine Mutter hatte solche Therapien über sich ergehen lassen. Jack erinnerte sich an jede Einzelheit. Schließlich hatte er hautnah miterlebt, wie furchtbar das war. Damals hatte er sich geschworen, diesen Weg niemals zu wählen, falls es ihn eines Tages betreffen sollte. Die Schmerzmittel einzunehmen war erforderlich. Aber es sollte keine Verlängerung seines Leidens geben. Genauso wenig glaubte er, dass gerade er einen Fortschritt bei der Erprobung des neuen Präparates erwirken könnte. Selbst die Tatsache, dass Jack anderenfalls maximal ein Jahr bliebe, zog nicht. Chris nahm diese Information über Jacks verbleibende Lebenszeit mit unglaublicher Fassung auf, obwohl zuvor nie darüber gesprochen worden war. Allerdings brachte sie kein Wort mehr hervor. Andy sah ihr an, wie tief sie getroffen war. Selbst ihm fiel es schwer, diese Prognose zu verarbeiten. Nur noch ein Jahr. Wie schrecklich! Die weiteren Diskussionen zwischen Jack und den Ärzten nahm er wie in Trance wahr. Ungeachtet dessen versuchten die Mediziner, Jack zu überzeugen, dass er wenigstens im Krankenhaus bliebe. Die Zusammenbrüche würden noch öfter kommen, ebenso neurologische Ausfälle und emotionale bzw. mentale Veränderungen, je nachdem, auf welche Nerven der Tumor jeweils drückte. Unberechenbar, wann was passieren würde und wie lange der Zustand anhielte. Doch Jack war unbeirrbar. Für ihn stand außer Frage, dass er das Krankenhaus so schnell wie möglich verlassen würde, auf eigene Verantwortung. Er zählte auf Chris' und Andys Unterstützung. Beide bestätigten seine Hoffnung: Selbstverständlich würden sie ihn nie im Stich lassen. Chris drückte Jacks Hand fester und gab sich Mühe, ein Lächeln zu zeigen. Leider kam noch eine niederschmetternde Nachricht. Jack wurde nahegelegt, seinen Führerschein abzugeben. Die Ärzte rieten ihm, es jetzt freiwillig zu tun und nicht auf die Polizisten zu warten. Das erste Mal, seit Andy ihn kannte, verschlug es Jack die Sprache. Nie mehr Motorrad fahren dürfen? Sein Bike war sein Leben. Unmöglich, es aufzugeben. Natürlich hatten die Ärzte Recht. Er stellte eine Gefahr für sich und andere dar, sofern er einen Anfall während der Fahrt bekäme. Nach reiflicher Überlegung stand Jacks Entschluss fest: Er wollte seine Papiere noch bis zum nächsten Motorradtreffen behalten. Danach, versprach er, würde er mit Andy zur Polizei fahren und den Führerschein abgeben.

~

Auf der Rennstrecke herrschte diesmal gedrückte Atmosphäre. Die anderen waren inzwischen in Kenntnis gesetzt worden, wie es um Jack stand. Viele schien die Situation zu überfordern. Sie wussten nicht wirklich, wie sie sich Jack gegenüber verhalten sollten. Die Meisten benahmen sich, als hätten sie Angst, sich anzustecken, dabei hatte Jack keine infektiöse Krankheit. Lediglich Sarah löcherte Jack und Chris mit Fragen. Nicht einmal Alex vermochte ihr Mundwerk zu stopfen. Alles wollte sie wissen. Wie es wäre und was passieren könnte und wie lange Jack noch zu leben hatte. Geduldig beantwortete Jack jedwede Frage. Chris hielt sich tapfer, obgleich Andy ihr ansah, dass sie mit den Tränen kämpfte. Die Mitleid bekundenden Blicke der anderen gegenüber Chris entgingen ihm ebensowenig. Jack stieg bald auf sein Motorrad, denn dafür war er hergekommen. Der Motor dröhnte. Andy rief ihm zu: „Heute gewinne ich bestimmt." Er schwang sich auf seine Yamaha. Jack hob den Daumen. Gemeinsam jagten sie über die Rennstrecke. Voller Sorge beobachtete Chris das Treiben der beiden Männer. Hoffentlich hatte Jack nichts Dummes vor. Den Führerschein abgeben zu müssen, war für ihn eines der schlimmsten Dinge überhaupt. Würde Jack mit Absicht einen tödlichen Unfall bauen? Nein, Jack war nicht der Typ, der aufgab. Er wollte leben bis zum letzten Tag. Außerdem fuhr Andy mit ihm um die Wette. Jack wollte gewinnen.

Die Männer drehten mehrere Runden, ehe sie im Fahrerlager stoppten. Obwohl Andy sich alle Mühe gab zu siegen, erreichte Jack die Ziellinie als erster. Mit Erleichterung nahm Chris beide in Empfang. Jack wirkte zufrieden und glücklich. Dankbar klopfte er Andy auf die Schulter mit den Worten: „Danke Kumpel." Zunehmend trat Entspannung ein, da die anderen nun unbefangener mit Jack umgingen. Vielleicht hatten sie vorher befürchtet, dass Jack während der Fahrt zusammenbrechen und mit jemandem zusammenstoßen würde? Weitere Runden folgten. Anders als gewohnt, mochte Chris diesmal nicht selbst fahren, zuschauen genügte ihr. Anscheinend wollte sie, dass Jack jede Sekunde auskostete. Es war schließlich sein letztes Rennen. Die Gespräche handelten letztlich von den üblichen Themen. Am Ende stand wie immer die Frage, wer kommt mit zu Jack und Chris. Erstmalig redete sich die Mehrheit heraus. Irgendein fadenscheiniger Grund wurde gefunden. Nur wenige folgten Jack zur Conrad-Wolf-Straße. Selbst denjenigen, welche mitkamen, schien es Unbehagen zu bereiten. Die gewohnte, ausgelassene Stimmung trat nicht ein. Nach kurzer Zeit verabschiedeten sich die Meisten. Am Ende blieben Sarah, Alex, Schulle, Alfi und Kati übrig.

~

Jacks Gesundheitszustand verschlechterte sich merklich von Tag zu Tag. Die nächsten Anfälle waren ebenso schockierend wie der erste. Dazu kamen kurzzeitige neurologische Ausfälle, wie nicht sehen, nicht hören oder sich nicht normal bewegen zu können. Jack kämpfte darum, seine Arbeit zu behalten, musste aber einsehen, dass dies unmöglich wurde. Sein Chef bedauerte es sehr.

Zunächst betrachtete Jack es als Urlaub und machte darüber Späße. Wenig später jedoch wartete er ungeduldig, bis Andy oder Chris endlich nach Hause kamen. Es fiel Jack extrem schwer, tagsüber allein zu sein. Er traute sich nicht aus dem Haus. Der Grund war die Möglichkeit, erneut ins Krankenhaus zu kommen, sollte er zusammenbrechen. Die Menschen um ihn herum fehlten ihm, die Werkstatt, die Freunde, das Rennen. Sein Motorrad stand nun unbenutzt vor dem Haus. Jetzt konnte er es nur noch ansehen oder sich daraufsetzen. Fahren ging nicht. Verkaufen brachte Jack nicht übers Herz, denn er hing an seiner Maschine. Am Wochenende nahm Andy ihn von Zeit zu Zeit auf seiner Yamaha mit. Sicherheitshalber band er Jack an sich, nachdem er dessen Beine am Motorrad befestigt hatte. Falls Jack bewusstlos werden würde, würde Andy ihn nicht festhalten können. Unweigerlich würde er herunterfallen. Trotz der Gurte genoss Jack die Ausflüge.

Zu Beginn besuchte Doktor Bernhardt Jack einmal pro Woche. Er kontrollierte stets, ob die Schmerzmittel noch ausreichend waren. Hin und wieder musste er die Dosis erhöhen oder auf ein anderes Präparat umstellen, wegen Unverträglichkeit. Doch dies war erst der Anfang. Nebenwirkungen der Medikamente machten sich bemerkbar. Jack konnte nicht mehr alles essen. Zudem vermochte Jack nicht mehr weit zu laufen. Oft wurde ihm schwindelig und er musste sich festhalten. Treppensteigen war damit ausgeschlossen. Bald quälte ihn Schlaflosigkeit. Er musste fortan Schlafmittel nehmen, um nachts ruhen zu können. Schulle brachte schließlich einen Fernseher vorbei. So hatte Jack Ablenkung. Nachdem Alfi und Kati bei einem Besuch einen Zusammenbruch von Jack miterlebten, kamen beide nicht mehr. Lediglich per Telefon hielten sie den Kontakt aufrecht. Jack wurde am Ende bettlägerig und bedurfte intensiver Zuwendung. Andy kannte sich zum Glück aus und wusste, was man tun musste, damit der Betroffene sich nicht wundlag. Außerdem kannte er die Übungen der Physiotherapeuten, damit die Muskulatur erhalten blieb. Dennoch nahm Jack ab und wurde schwächer. Niemand konnte verhindern, dass sich seine Muskeln zurückbildeten. Um Chris im Arm zu halten, genügten sie trotz allem. Vielleicht nahm er auch seine ganze Kraft zusammen, um dies tun zu können? Beim Fernsehen legten sich Andy und Chris zu Jack aufs Bett. Zu dritt machten sie es sich gemütlich und unterhielten sich. Diese Art der Entspannung gefiel auch Schulle sehr. Wenn er zu Besuch kam, nahm er augenblicklich neben Jack Platz und redete auf ihn ein. Dabei genoss er die gereichten Getränke. Blieb er über Nacht, nahm er gern ein Bier. Allerdings durfte Jack nichts Alkoholhaltiges trinken, wegen der Medikamente. Eines Tages begann Jack wirres Zeug zu reden. Schulle wirkte entsetzt. Offenbar wurde ihm in diesem Moment bewusst, was Jacks Krankheit bedeutete. Unweigerlich würde er einen guten Freund verlieren. Seitdem kam Schulle seltener. Sarah und Alex blieben bis zum Schluss treu. Sie bemerkten offenbar, dass es Chris und Andy guttat. Sarahs überschwängliche und einnehmende Art war wie ein Sonnenstrahl im Dunkeln. Im Gegensatz zu Sarah brachte Alex ungeheure Gelassenheit mit. Eine Wohltat und Ablenkung. Nur einmal meinte Sarah: „Das würde ich nicht durchstehen, zu sehen, wie meine große Liebe zu Grunde geht." Im Raum wurde es still. Chris wurde sichtlich deprimiert. Zum Glück gelang es Alex, die Stimmung wieder anzuheben. Seine lockere Art erwies sich als Segen.

Chris kümmerte sich so gut es ging um Jack und versuchte normal zu wirken. Dennoch litt sie schrecklich unter der Situation, denn Jacks Ende war unausweichlich. Oft weinte sie sich in Andys Armen aus, wenn Jack schlief oder einen Anfall gehabt hatte. Andy hielt sie gern fest und tröstete sie. In seinem Inneren war er hin- und hergerissen: einerseits traurig, dass Jack in absehbarer Zeit nicht mehr leben würde und andererseits froh, dass er Chris für sich würde gewinnen können. Zudem war sie ihm näher denn je. Manchmal schlief sie vor Erschöpfung auf der Couch ein. Obwohl Andy lieber die Nacht neben ihr verbracht hätte, trug er sie ins Bett zu Jack. Dieser war dankbar dafür. In der Tat brauchte er Chris' Nähe mehr als alles andere. Offensichtlich gab es für ihn nichts Schlimmeres, als ohne sie zu sein. Dabei wusste er, was sie durchmachte. Liebevoll berührte er sie, während Andy sie zudeckte.

Ansonsten half Andy Chris, wo es möglich war. Selbst Treppe wischen empfand er als selbstverständlich, obgleich sich einige Nachbarn darüber wunderten, warum Chris dies nicht tat. Offenbar hatten sie noch nie einen Pflegefall in der Familie gehabt und keine Vorstellung davon, was es bedeutete.

Frau Lüttich zu besuchen wurde zu einer unentbehrlichen Pause, bei der man Kraft schöpfen konnte. Sie hatte Erfahrung mit ähnlichen Situationen. Ihre Ratschläge waren Gold wert. Selbst Herr Baumann sprach aufmunternde Worte. Er berichtete, was seiner Frau damals geholfen hatte. Andy und Chris besuchten Frau Lüttich allerdings nur noch einzeln. Einer von beiden blieb stets bei Jack. Sogar ihre Arbeitszeiten passten Andy und Chris so aneinander an, dass Jack nie allein war. Chris gab letztlich ihren Job auf. Anderenfalls hätten sie die Rundumpflege nicht mehr leisten können. Außerdem versorgte sie ja noch Frau Lüttich. Einige Male befürchtete Andy, dass Chris es nicht durchstehen würde. Aber sie kämpfte. Chris war in der Tat eine starke Frau. Warum sie keinen Pflegedienst engagiert hatten, konnte Andy nicht mehr nachvollziehen. Anträge hatten sie genügend gestellt. Irgendwie hatte sie der Alltag überrollt. Für Privatpflegekräfte fehlte definitiv das Geld. In den letzten Wochen kam Doktor Bernhardt fast täglich. Er nahm sich deutlich mehr Zeit, als nötig gewesen wäre. Seine Tipps beherzigten sie gern. Enge Freundschaft entstand. Dennoch konnte sich keiner zum Du durchringen, zu groß war der Respekt gegenüber dem Akademiker.

Eines Tages war Andy mit Jack allein im Schlafzimmer. Unerwartet sagte Jack: „Andy, bald werde ich nicht mehr zwischen Chris und dir stehen." Erschrocken entgegnete Andy: „Jack, was redest du da?" Doch Jack gebot ihm mit einer Handbewegung Stillschweigen. „Lass mich reden, solange ich klar im Kopf bin." Ihm fiel das Sprechen schwer und er unterbrach mehrfach: „Schon lange war ich mir sicher, dass ich die Krankheit meiner Mutter geerbt habe. Ich wusste nur nie, wie ich es Chris beibringen sollte. Sie hat solch schreckliche Angst, mich zu verlieren. … Dann tratst du in unser Leben. Ich sah deine Blicke ihr gegenüber. Damals in ´Tonis Stübchen` beobachtete ich euch und war fürchterlich eifersüchtig. … Plötzlich kam mir die Idee, euch zusammenzubringen. Nach meinem Tod würde sie jemanden haben, an dem sie sich festhalten könnte … Mein Plan hat besser funktioniert als gedacht … Ich war so oft neidisch auf dich. Du kannst ihr etwas geben, was ich niemals kann … Die ganze Zeit hatte ich Angst, dass ihr beide mich verlasst und ich am Ende einsam sterben würde … Ich weiß, wie sehr sie mich liebt und dennoch wäre es möglich gewesen … Trotz allem hast du nie etwas mit ihr angefangen … Andy, du bist ein echter Kumpel … Und noch eins: Ich habe vorgesorgt. In der Innentasche meines Motorradanzuges findest du einen Umschlag. Nimm ihn an dich." Jack war völlig überanstrengt, dennoch sprach er weiter: „Nie zuvor hätte ich mir träumen lassen, dass es so schön sein könnte mit uns dreien. Ich bin so glücklich, dass ich mit euch zusammen sein durfte." Vor Erschöpfung fielen seine Augen zu. Andy berührte ihn liebevoll an der Schulter: „Ich empfinde es ebenso. Du bist ein ganz besonderer Mensch und der beste Freund, den ich je hatte." Während er noch sprach, bemerkte Andy, dass Jack schon fest eingeschlafen war. Daher verließ er leise das Zimmer und suchte dann nach dem Umschlag. Darin befanden sich eine Sterbeversicherung und Wünsche für seine Beerdigung: Es sollte ein Urnengrab sein und alle, die ihn liebten und mochten, sollten der Bestattung beiwohnen. Das Geld der Versicherung würde dafür mehr als ausreichend sein.

Einen Monat später starb Jack und Chris war fortan in diesem seltsamen Zustand. Seit ihrer Einlieferung ins Krankenhaus war knapp eine Woche vergangen. Bislang gab es noch kein Begräbnis. Dank Sarahs Hilfe, konnte Andy inzwischen die Formalitäten erledigen, die für eine Beerdigung notwendig waren. Der Gang zum Bestattungsinstitut erwies sich schwerer als erwartet. Die Urne aussuchen war dabei das Leichteste. Auf Anhieb gefiel Andy ein Modell – silberfarben mit einem eingestanzten, schwarzen Kreuz. Jack hätte es gemocht, da war er sich sicher. Beim Besprechen der Details der Beerdigung mit dem Mitarbeiter des Institutes war Andy froh, dass Sarah mit Rat und Tat zur Seite stand. Dann folgte die Befragung für die Erstellung der Grabrede. Es wurden jede Menge Informationen benötigt, wie: Jacks Personalien, seine positiven Charaktereigenschaften, seine Herkunft und die Lebensumstände. Das vor Augen führen der vergangenen Ereignisse brachte Andy an seine Belastungsgrenze. Sarah hatte zum Glück das notwendige Feingefühl, Andy zu trösten. Den Beerdigungstermin mochte Andy jedoch nicht festlegen – Chris sollte dabei sein. Sie war schließlich Jacks Lebensgefährtin gewesen. Sicher würde sie sich in Kürze fangen und wäre froh, dass Andy so entschieden hatte.

* *

Andy wurde aus den Erinnerungen gerissen, als die Tür des Krankenzimmers klappte und eine Frauenstimme "Hallo Leute!" rief. Sarah. "Was ist denn mit euch los?", fragte sie im gleichen Atemzug, "das Stillsitzen und Schweigen scheint ansteckend zu sein." Chris zuckte im selben Moment zusammen und schlang ihre Arme um sich. Andy spürte, wie seine Hand kalt wurde. Verwundert starrte er darauf und blickte mit offenem Mund zu Chris. Unfassbar! Die ganze Zeit hatte sie seine Hand gehalten. Aus eigenem Antrieb hatte sie eine Reaktion gezeigt. Sarah umarmte Chris mit den Worten: "Hallo Süße. Ich hab dir ein Geschenk mitgebracht. Natürlich hast du nicht Geburtstag, ich weiß. Aber als heute dieses zauberhafte Nachtgewand in unsere Boutique geliefert wurde, musste ich es für dich kaufen. Es wird dir ausgezeichnet stehen. Das Krankenhaushemd ist total hässlich. Andy hat dir auch kein anderes besorgt. Typisch Mann. Höchste Zeit, dass du nachts etwas Schickes anziehst." Sie reichte Chris ein in Geschenkpapier eingewickeltes Paket. Da Chris nicht sofort reagierte, riss Sarah dieses selbst auseinander. Ein blau-schwarz getigertes Kleid kam zum Vorschein. Sarah hielt es

Chris an. „Ja, das wird passen. Ganz sicher", sagte sie und legte das Kleidungsstück auf den Tisch vor Chris. Weil Andy immer noch kein Wort hervorbrachte, sprach Sarah weiter: „Alex kommt später. Er muss noch arbeiten. Irgendwelche Komplikationen im Zoo oder so etwas in der Art erwähnte er. Hoffentlich bringt er nicht wieder ein Tier mit nach Hause. Mir wird noch ganz bange, wenn ich an die Schlange denke. Zum Glück darf er seit dem Vorfall nicht mehr im Reptilienhaus arbeiten." Sie redete wie ein Wasserfall. Andy beobachtete mit Freude, wie Chris vorsichtig über das Nachthemd strich. Hatte das Antidepressivum so schnell gewirkt? Sollte es möglich sein? Seine Gedanken drehten sich. Schließlich stieß Sarah ihn an: „Mann, ich rede mit dir." Andy meinte verlegen: „Entschuldige bitte, ich war wohl in Gedanken." Doch ehe sie wiederholen konnte, worum es gegangen war, öffnete sich die Tür. Alex trat ein. Er zog einen riesigen Trolley aus Stoff hinter sich her. Das Gepäckstück war ziemlich kaputt, überall Löcher und Risse. Alex schloss die Tür. Sogleich öffnete er den Reißverschluss der Tasche. Die Köpfe zweier Tigerbabys kamen zum Vorschein. Eines nahm Alex heraus und setzte es vor Chris auf dem Tisch ab. „Das ist Simba", meinte er stolz. Den anderen Tiger konnte er nicht mehr ergreifen, denn dieser war unterdessen aus dem Trolley gesprungen und jagte munter im Zimmer umher. „Tiere sind hier nicht erlaubt, Alex. Weißt du das nicht?", wetterte Andy, „das gibt Ärger." Sarah rügte ihn ebenfalls: „Ich hab's gewusst! Du hast nur Dummheiten im Kopf! Sie werfen dich noch aus dem Zoo. Dann bist du arbeitslos." Ungeachtet dessen holte Alex aus der Tasche einen dicken, bunten Strick mit einem Knoten darin. Mit Bedacht ging er in die Hocke. Das Spielzeug wälzte er nun auf dem Boden hin und her. „Komm Suleika, komm zu Papa", forderte er. Der kleine Tiger schaute zwar neugierig auf den Strick, kam allerdings nicht heran. Das Zimmer schien aufregender zu sein, einer näheren Untersuchung wert. Überall schnüffelte Suleika herum und kaute an dem einen oder anderen Gegenstand. Alex krabbelte hinterher. Kurz bevor er zugreifen konnte, flitzte Suleika stets weiter. Trotzdem blieb Alex die Ruhe selbst. Schließlich versteckte sich Suleika unterm Tisch. Chris schaute mit einem Lächeln auf den Lippen auf den kleinen Wirbelwind. Andy war sprachlos. Bis heute Morgen unvorstellbar, aber Chris hatte Simba eben gestreichelt. Sarah rügte Alex weiter. Dieser ignorierte sie einfach und legte los mit seinen Erklärungen: „Tut mir leid, Andy, aber ich wusste nicht wohin. Bisher hab ich die Kleinen betreut. Jetzt sollen die beiden in einen anderen Zoo verlegt werden. Angeblich hätten wir zu wenig Platz. Das geht doch nicht! Die können doch nicht einfach meine Babys wegnehmen!" Weiter kam er nicht. Zum einen regte sich Sarah auf, wie Alex die Tiere seine Babys nennen konnte und zum anderen öffnete sich die Tür. Frau Doktor Lange betrat den Raum. Sie bemerkte die Tiger sofort und konnte noch rechtzeitig die Zimmertür schließen, ehe Suleika zu entwischen vermochte. Die Kleine flitzte nun erschrocken durch den Raum. Frau Doktor Lange schimpfte: „Was ist denn hier los? Das ist ein Krankenhaus und kein Tierheim!" Als ihr Blick jedoch auf Chris fiel, die Simba in den Arm genommen hatte, verstummte sie. Suleika strich nun um Chris' Beine und stellte sich auf, als wollte sie ebenfalls auf Chris' Schoß. Chris schaute zu ihr. Erfreut meinte Frau Doktor Lange: „Ach so, eine Therapie. Tolle Idee." Sie blickte in die erstaunten Gesichter der Umstehenden. Selbst Sarah hatte es die Sprache verschlagen. Die Ärztin fuhr fort: „Ok, eine Nacht, und die Tiere dürfen das Zimmer nicht verlassen. Mehr kann ich nicht zulassen." Alex zugewandt fragte sie: „Haben Sie eine Leine für den Wildfang?" „Klar", entgegnete Alex erleichtert, „morgen habe ich ein anderes Quartier für die Tiere gefunden. Versprochen." Frau Doktor Lange erwiderte: „Gut. Beim nächsten Mal fragen Sie mich bitte vorher." Sarah hatte sich wieder gesammelt und forderte Alex mit Nachdruck auf, die Tigerbabys zurück in den Zoo zu bringen. Ein anderer Ort käme nicht infrage. Nun sprach Frau Doktor Lange Andy an: „Sie sehen aus, als könnten Sie Schlaf vertragen. Ich bleibe ab jetzt hier und kümmere mich um Chris. Gehen Sie ruhig nach Hause." Schon ging sie auf Andy zu, zog ihn am Arm hoch und schob ihn zum Ausgang. Der wusste nicht so recht, was er davon halten sollte. In der Tat war er müde. Außerdem sollte er Susanne noch anrufen. Okay, sagte er zu sich, damit würde er zumindest diesem Chaos entfliehen können.

*

Susanne schien erleichtert, als Andy sich per Telefon meldete. „Wir treffen uns in zwanzig Minuten im Eiscafé in der Mauerstraße. Da ist es ruhig und wir können uns unterhalten. Bis gleich", entgegnete sie und legte auf. Eigentlich mochte Andy Susanne nicht außerhalb der Arbeit begegnen. Seit sie sich kannten, bemühte Susanne sich um ihn. Sie war zwar nett, aber sie sollte sich auch keine falschen Hoffnungen machen. Er empfand nichts für sie. Dies hatte er ihr bereits unmissverständlich mitgeteilt. Seitdem schien sie sich zurückzuhalten. Es musste also einen Grund geben, warum sie ihn unbedingt sprechen wollte. Was war bloß so wichtig? Hoffentlich nichts Privates.

Andy betrat wenig später die Eisdiele und suchte einen Tisch in der Ecke aus. Die Bedienung ließ nicht lange auf sich warten. Ein Kaffee täte sicher gut. Er bestellte sich einen sowie einen Cappuccino für Susanne. Genüsslich schlürfte er sein Getränk, bis Susanne eintraf. Sie schien in Hektik zu sein. Kaum die Tasche abgelegt, begann sie zu reden: „Gut, dass du gekommen bist. Es ist mir sehr unangenehm zu sagen worum es geht. Schließlich bist du mit Doktor Bernhardt befreundet." Andy schaute sie neugierig an. Sie druckste herum: „Also, es ist ziemlich heikel. Bislang waren es nur Verdachtsmomente. Es gab noch keinen Beweis, nur Auffälligkeiten." „Nun sag schon was es ist", sagte Andy ungeduldig. Endlich rückte sie mit der Sprache heraus. Doch was sie von sich gab, klang wie aus einem bösen Traum. „Wir beobachten Doktor Bernhardt schon eine Weile. Wie es aussieht, vergreift er sich an Patientinnen. Momentan scheint deine Freundin Chris das Objekt seiner Begierde zu sein." Mit großen Augen starrte Andy sie an. „Wie bitte?", entgegnete er ungläubig, „nein. Du irrst dich bestimmt! Das ist ein schlechter Scherz." Susanne blieb ernst: „Ist dir nie in den Sinn gekommen, dass ihr Verhalten nicht nach Trauer aussieht, sondern eher danach, als hätte ihr jemand etwas angetan? Ich meine, das Verkrampfen, wenn jemand eintritt. Sie hat bisher auch kein Wort gesprochen. Jemand, der trauert, will irgendwann darüber reden oder seinen Schmerz herausschreien. Zumindest reagiert derjenige völlig anders." Andy schüttelte den Kopf: „Doktor Bernhardt hat sich immer sehr um Jack bemüht und um Chris auch. Er ist tadellos." Erneut warf Susanne ein: „Es tut mir leid, aber dir ist heute bestimmt aufgefallen, dass sie anders war als sonst. Oder? Fandest du es nicht merkwürdig, dass Doktor Bernhardt einige Tage frei hat, und plötzlich ein Medikament verordnet? Hast du geprüft, was es ist? Ein höchst seltenes Präparat. Ich kann dir mit Sicherheit sagen, dass es nicht aus dem besteht, was die Verpackung anzeigt. Wir haben es untersucht. Leider konnten wir nicht herausfinden, was es ist. Seltsamerweise gibt es im ganzen Krankenhaus keinen Patienten, der das gleiche Medikament bekommt. Es sind nur wenige Tabletten vorhanden, sie reichen gerade so lange, bis Doktor Bernhardt aus dem Urlaub zurück ist. Ich habe mit Maren gesprochen. Wie Du weißt, arbeitet sie im Einkauf. Sie konnte in den Bestellungen nicht herausfinden, wer das Medikament geliefert hat, denn es fehlen einige Unterlagen. Sehr eigenartig, denn Maren ist absolut akkurat. Unmöglich, dass sie die Papiere verlegt hat. Vorsichtshalber haben wir die Tabletten ersetzt durch ein anderes Präparat. Sei ehrlich: Heute zeigte Chris eine deutliche Veränderung. Was meinst du?" Sie beobachte Andys Reaktion. Seine Gedanken überschlugen sich. Natürlich hatte er sich gewundert, dass sie auf einmal Tabletten nehmen sollte. Sonst prüfte er vor der Verabreichung erst, was es war. Man musste schließlich sichergehen, dass der Patient einnehmen würde, was ihm verordnet wurde. Bei Chris' Medikamenten hatte er es nicht getan. Er war eindeutig nachlässig geworden. Das musste sich wieder ändern. Und verdammt noch mal: Ja, ihm fiel auf, dass Chris sich heute anders verhalten hatte. Sein Grübeln wurde unterbrochen durch Susannes Worte: „Mir schien gestern früh, dass es ihr besser ging. Beim Betreten des Raumes lächelte sie mich an. Außerdem versuchte sie zu sprechen. Es kam aber kein Ton aus ihrem Mund. Vor ihr lag ein riesiger Blumenstrauß. Um eine Vase und Wasser zu organisieren, ging ich damit ins Bad. Die Badezimmertür blieb offen. Jemand betrat unterdessen das Krankenzimmer. Das Türschloss schnappte. Das kam mir merkwürdig vor. Du weißt ja, in keinem Schloss steckt ein Schlüssel. Dafür haben wir alle einen Generalschlüssel. Dann hörte ich eine Männerstimme und dachte, du seist es. Plötzlich hörte ich sie rufen: „Nein! Nicht!" Vor Schreck ließ ich die Blumen fallen und rannte aus dem Bad zurück zu ihr. Doktor Bernhardt stand vor mir. Er hielt ihren Arm fest. Als er mich sah, wirkte er überrascht. Schnell steckte er unauffällig etwas in seine Jackentasche. Dabei erklärte er, er hätte nur noch einmal nach ihr sehen wollen, bevor er in den Urlaub ginge. Daraufhin verließ er den Raum. Trickreich versuchte er zu überspielen, dass er die Tür aufschließen musste. Offenbar dachte er, ich würde es nicht bemerken. Chris war danach wieder so seltsam abwesend, nicht ansprechbar, keine Regung. Ich rannte gleich zu Frau Doktor Lange. Sie hat Chris sofort Blut abgenommen und die Probe ins Labor geschafft. Wir vermuteten, man würde darin KO-Tropfen oder Drogen nachweisen können, aber bedauerlicherweise konnten wir nicht feststellen, was er gespritzt hatte. Auf Verdacht haben wir ihr ein Gegenmittel gegeben, das man bei Drogenmissbrauch verabreicht. Zudem haben wir letzte Nacht Wache gehalten." Schockiert schaute Andy sie an. Susanne wurde nun ärgerlich: „Sag bloß noch, dass dich nicht gewundert hat, warum Doktor Bernhardt sie unbedingt dieses Wochenende zur psychiatrischen Station verlegen will. Weißt du nicht, dass er diese übernimmt?" „Natürlich ist mir dies bekannt. Doktor Starke geht in den Ruhestand und Doktor Bernhardt tritt die Nachfolge an", unterbrach Andy sie, „der Übergang ist aber erst für den nächsten Monat geplant." „Nein", widersprach Susanne, „Doktor Starke nimmt seine restlichen Urlaubstage und die Überstunden und ist ab Montag weg. Er hat es mir selbst erzählt." In Andys Kopf rasten die Gedanken. Sollte das alles wirklich wahr sein? Susanne redete eindringlich weiter: „Wir brauchen die Aussage von Chris. Du hast Zugang zu ihr. Dir vertraut sie sich garantiert an. Wenn du einen Beweis findest ..." Sie kramte kurz in ihrer Handtasche und schob ihm letztlich eine Visitenkarte zu. „Hier, die Telefonnummer von Kommissar Hofer. Er ist mit dem Fall betraut. Von ihm wissen wir, dass Doktor Bernhardt wegen des Verdachtes auf Patientenmissbrauch aus seiner alten Arbeitsstelle geflogen ist. Wir dürfen dieses Schwein nicht entkommen lassen. Bitte ruf den Kommissar an." Andys Hals wurde immer trockener. Er starrte auf die Visitenkarte in seiner Hand. Wenn das alles stimmte …? Nicht auszudenken! Hatte er den Blick für das Wesentliche derart verloren? Die letzten Monate waren unbeschreiblich anstrengend gewesen. Jacks Pflege hatte seine ganze Kraft aufgebraucht. Andy sollte doch auf Chris aufpassen. Er hatte es Jack versprochen. Die meiste Zeit war er in ihrer Nähe und nahm ihr Arbeit ab. Wie konnte ein Missbrauch geschehen? Halt, das waren alles nur Verdachtsmomente! Es gab keinen Beweis. Andy klammerte sich an den Gedanken, dass es sicher für alles eine Erklärung gab. Nein, bestimmt täuschte sich Susanne. Zu grauenhaft, wenn es wahr wäre. Sie drückte Andys Hand. „Es tut mir leid, dass du es so erfährst. Aber wir müssen ihn aufhalten. Meine Aussage genügt nicht, eine ´kleine` Schwester gegen den berühmten Doktor Bernhardt. Keine Chance", fuhr Susanne fort. „Wer ist überhaupt *wir*?", fragte Andy. Susanne lehnte sich zurück: „Mehr Leute als du denkst – ein Drittel der Belegschaft und die meisten Ärzte. Der Klinikchef will jedoch erst hieb- und stichfeste Beweise, da Doktor Bernhardt eine Koryphäe in verschiedenen Bereichen ist. Wenn das alles rauskommt, gibt es einen Skandal. Der gute Ruf der Klinik würde leiden. Nach langer Beratung ist eine interne Untersuchung angesetzt worden. Frau Doktor Lange ist damit betraut worden, nach Anhaltspunkten zu suchen. Leider gab es bisher keine verwertbaren Indizien. Unsere Hoffnung liegt bei dir. Andy, wenn du etwas findest, das weiterhilft, musst du Kommissar Hofer informieren." Die letzten Worte sprach sie mit Nachdruck. Andy war schlicht sprachlos. Das musste er erst einmal verdauen. „Lass mich darüber nachdenken", sagte er und nahm seinen Motorradhelm.

*

Während der Fahrt versuchte er den Kopf frei zu bekommen. Allerdings ließen ihn Susannes Worte nicht los. Wenn das alles der Realität entspräche: wie schrecklich! Nein, sie irrte sich bestimmt. In der Conrad-Wolf-Straße angekommen, bemerkte er Frau Lüttich, die aus dem Fenster schaute. Herr Baumann lief die Straße entlang. Er musste Frau Lüttich eben verlassen haben und auf dem Heimweg sein. Um auf andere Gedanken zu kommen, sprach Andy die Dame an. Schließlich hatten sie sich die letzte Zeit nicht gesehen. Er erkundigte sich, wie es ihr ginge. Erstaunt vernahm er ihre Worte: „Langsam beruhige ich mich wieder. Stellen Sie sich vor, dieser Doktor Bernhardt war heute hier und er war derart unfreundlich. Und alles nur, weil ich ihn nicht ins Haus lassen wollte. Aber ich fand, dass es diesmal keinen Grund gab. Herr Jack ist tot und Chris im Krankenhaus. Sie, Herr Andy, waren außer Haus. Letztlich verlangte er den Wohnungsschlüssel. Er nahm an, ich hätte einen. Selbst wenn ich einen besitzen würde, hätte ich ihn nicht aus der Hand gegeben. Ich weiß gar nicht, warum Doktor Bernhardt allein in die Wohnung gehen wollte. Zuletzt beschimpfte er mich wüst. Ich mag die Worte dieses Herrn nicht wiedergeben, sonst rege ich mich wieder auf. Sicherheitshalber rief ich Herrn Baumann an. Als er kam, war Doktor Bernhardt schon weg. Herr Baumann hat mir gut zugeredet, dass es richtig war. Den Doktor hereinlassen, wie beim letzten Mal, wäre leichtsinnig gewesen." Wie bitte? Hatte Andy richtig gehört? Seine Gedanken überschlugen sich erneut. Frau Lüttich hatte sich bestimmt vertan. „Was meinen Sie mit, ‚wie beim letzten Mal'?", hakte er nach. Sie entgegnete: „Das ist knapp eine Woche her. Um genau zu sein: einen Tag nach Herrn Jacks Tod. Der Doktor hatte gemeint, dass es Chris so schlecht ginge und er sich Sorgen machte. Sie würde nicht ans Telefon gehen oder die Tür öffnen. Ich war ganz bestürzt und ließ ihn ins Haus. Chris liebte Herrn Jack so sehr. Es hätte ja sein können, dass sie sich etwas antut. Nach einer Stunde ging er wieder, ohne ein Wort. Er sah sehr zufrieden aus. Daher dachte ich mir: Dann wird es Chris wohl besser gehen. Am Abend kam er jedoch wieder. Zusammen haben Sie beide Chris ins Krankenhaus gebracht. Seitdem ist sie dort. Ich wollte schon lange fragen, wie es Chris geht. Ist alles in Ordnung?" Andy traute seinen Ohren nicht. „Sind Sie sicher, dass er mehr als einmal hier war? Ich meine – zweimal an einem Tag?", fragte er. Frau Lüttich erwiderte: „Ja, ich weiß es genau. An dem Tag war Doktor Bernhardt zweimal da, so wie am Tag als Herr Jack starb. Vorher tat er das nie. Darum bin ich mir so sicher." Dies konnte Andy nicht fassen. „Am Tag als Jack starb war er auch mehrmals hier?" Frau Lüttich wurde aufgeregter: „Ja, einmal gegen halb zwölf und das zweite Mal am Abend. Herr Andy, Sie sind so blass geworden. Was haben Ihre Fragen zu bedeuten? Es ist doch nichts Schlimmes passiert?" Nun versuchte Andy entspannt zu klingen. Keinesfalls sollte sich die Dame weiter erregen oder gar einen Herzinfarkt bekommen. „Keine Sorge, Frau

Lüttich. In den letzten Tagen gab es nur zu viel Aufregung. Ich muss mich ausruhen. Übrigens: Chris geht es besser. Sie muss jedoch noch im Krankenhaus bleiben." Dies schien sie in der Tat zu beruhigen. Andy stieg die Treppen hinauf. Er setzte sich auf die Couch und rieb sich Augen und Gesicht. Was für ein Alptraum?! So viele Zufälle gab es nicht! „Schlaf eine Runde, dann wird alles klarer", sprach er zu sich. Als er sich hinlegte, begann ein Akku zu piepen. Sein Handy? Nein. Es kam von nebenan. Er folgte dem Geräusch. Chris' Handy lag auf ihrem Nachttisch und gab diese Töne von sich. Natürlich! Daran hatte er gar nicht gedacht. Das Ladekabel lag in der Schublade. Er steckte es sogleich in das Handy. Plötzlich schoss ihm durch den Kopf: Chris musste jemanden angerufen haben, sonst würde das Telefon nicht hier liegen. Normalerweise steckte es in ihrer Handtasche. Die Neugier packte ihn. Mit wem mochte sie zuletzt telefoniert haben? Das Display zeigte die Namen der letzten beiden getätigten Anrufe: Doktor Bernhardt und Andy. Die Detailinformationen ließen Andy erschaudern. Am Tag, als Jack gestorben war, hatte Chris kurz nach 11 Uhr Andy mehrfach angerufen. Allerdings stimmte die Telefonnummer nicht. Zwei Ziffern waren vertauscht. Doktor Bernhards Nummer hatte sie eine Minuten später angerufen. Andy sprang auf. Du meine Güte: Sie war nicht untätig gewesen, wie angenommen. Weil Chris ihn nicht hatte erreichen können, hatte sie in ihrer Panik Doktor Bernhardt angerufen. Andy holte Jacks Totenschein aus der Schublade von Jacks Nachttischschränkchen. Mit Schrecken stellte er fest, dass als Todeszeitpunkt

11 Uhr angegeben war. Wenn er es sich recht überlegte, hatte Doktor Bernhardt die Zeit sofort eingetragen. Kein Zögern, kein Nachdenken, als hätte er es genau gewusst. Das hieß, Frau Lüttich sprach die Wahrheit. Doktor Bernhardt war an besagtem Tag schon einmal hier gewesen. Anderenfalls hätte er den Todeszeitpunkt nicht gekannt. Mit Chris hatte man damals nicht reden können. Die Information hätte er unmöglich von ihr haben können. In Andys Kopf hämmerte es. Hatte Doktor Bernhardt wegen Chris' Handy in die Wohnung gewollt? War sie damals so apathisch gewesen, weil er sie unter Drogen gesetzt hatte? Hatte Doktor Bernhard sie tatsächlich missbraucht? Und am Folgetag ebenso? Am schlimmsten war jedoch die Erkenntnis: Wenn seine Telefonnummer korrekt gewesen wäre, hätte sie Doktor Bernhardt nicht angerufen. Alles wäre vielleicht nie geschehen. Unverzüglich ergriff Andy sein Mobiltelefon sowie die Visitenkarte, die er von Susanne erhalten hatte. Am anderen Ende nahm Kommissar Hofer sofort ab. Andy begann zu reden: „Kommissar Hofer? Susanne Grothe gab mir Ihre Nummer wegen Doktor Bernhardt. Ich glaube, ich habe etwas für Sie …"

*

Müde ging Andy am Morgen zur Arbeit. Kommissar Hofer war am Abend zuvor noch vorbeigekommen und hatte Chris' Handy abgeholt. Die ganze Wohnung samt Mülleimern hatten sie durchsucht, in der Hoffnung, ein Beweisstück zu finden. Irgendetwas, was Doktor Bernhardt weggeworfen oder liegen gelassen haben könnte. Leider ohne Erfolg. Lange hatte sich Kommissar Hofer mit Andy unterhalten und sich Notizen gemacht. Den Hinweisen wollte er unverzüglich nachgehen. Garantiert würde Frau Lüttich ihre Aussage schriftlich bestätigen. Ein Anfang. Dennoch waren dies nur Nachweise für Doktor Bernhardts Anwesenheit. Sie würden Details zu den Vorfällen brauchen. Chris würde unbedingt aussagen müssen. Sie war das Opfer. Wer, wenn nicht sie, konnte weiterhelfen. Andy versprach alles in seiner Macht Stehende zu tun, um sie zum Reden zu bringen.

In der Nacht wälzte er sich umher. Die Vorstellung, was Doktor Bernhardt Chris angetan haben könnte, verfolgte ihn im Traum. Warum war Andy nur so blind gewesen? Er hätte es bemerken müssen. Wenn seine Nummer in Chris' Handy gestimmt hätte, wäre es nie so weit gekommen. Warum hatte er nicht überprüft, ob die Telefonnummer korrekt war? Unglaublich: Er hatte nie mit ihr telefoniert, immer nur mit Jack.

Andy atmete tief durch. Er musste sich zusammenreißen und sich auf seine Arbeit konzentrieren. Vorsichtig öffnete Andy die Tür zu Chris' Zimmer, wegen der Tigerbabys. Jedoch blieb alles ruhig. Niemand da. Er bemerkte, dass das Fenster offen stand. Den Tisch und die Stühle hatte jemand zur Seite geschoben. Als er das leere Bett erblickte, erschrak er und rannte zum Fenster. Das Schlimmste befürchtend, schaute er hinaus. Gott sei Dank, nichts passiert. Erleichtert schloss er das Fenster. Du meine Güte! Seine Nerven lagen wirklich blank. Beim Umdrehen sah er, dass der Kleiderschrank offen stand. Er trat näher. Ein rührendes Bild bot sich ihm dar. Chris hatte sich mitsamt Decke, Kissen und Tigerbabys auf dem Boden vorm

Schrank eingerichtet. Sie schlief noch. Ihr Rücken war dem Bett zugewandt und ihre Füße drückten gegen die offene Schranktür. Clever. Falls jemand diese bewegte, würde Chris sofort erwachen. Die Tigerbabys lagen dicht aneinandergedrängt unter Chris' Arm. Suleika war angeleint und räkelte sich eben. Chris trug das blau-schwarz getigerte Nachthemd. Im Vergleich zur letzten Woche war dies eine unglaubliche Entwicklung. Selbst wenn Sarah ihr das Nachtgewand angezogen haben sollte, wäre es ein Erfolg gewesen.

Suleika sprang auf und versuchte zu Andy zu gelangen. Es gab jedoch keinen anderen Weg, als über Chris zu klettern. Sie erwachte und schreckte hoch. Als sie Andy erkannte, entspannte sie sich wieder. Nun bewegte sich auch Simba. „Hey, Chris!", rief Andy erfreut, „was machst du da unten?" Chris antwortete: „Die Kleinen wollten nicht im Bett liegenbleiben und wären sicher heruntergefallen." Einen Moment später fügte sie hinzu: „Eine Nacht ist okay, sagte Frau Doktor Lange." Andy konnte nicht fassen, was geschah. Chris sprach. Sie nahm die Füße vom Schrank, so dass man ihn schließen konnte. Andy setzte sich zu ihr. „Wie geht es dir?" Diesmal gab es sogar ein kurzes Lächeln ihrerseits, jedoch keine Antwort. Ihm brannte auf den Nägeln, was er Kommissar Hofer versprochen hatte. Doktor Bernhardt würde morgen aus dem Urlaub zurückkommen. Bis dahin müsste sie berichtet haben, was ihr widerfahren war. Daher fuhr Andy fort: „Chris, ich muss etwas mit dir bereden. Sag mal, hattest du mich an Jacks Todestag angerufen?" Mit traurigem Blick nickte sie und sagte: „Du gingst aber nicht ans Telefon. Nach einigen Versuchen meldete sich ein Fremder." „Und dann riefst du Doktor Bernhardt an?", hakte Andy nach. Wieder nur eine bestätigende Kopfbewegung von ihr. Mit Bedacht sprach Andy weiter: „Chris. Mir kannst du alles sagen. Das weißt du doch? Sag bitte, ist dir Doktor Bernhardt zu nahe gekommen oder hat er etwas mit dir gemacht?" Leider antwortete sie nicht. Tränen standen in ihren Augen. Ehe sie ihre Arme um sich schlingen konnte, breitete Andy seine aus. „Komm her, ich halte dich fest", redete er sanft auf sie ein, „du weißt doch: Ich bin immer für dich da." Wahrhaftig rückte sie an Andy heran und schmiegte sich an. Als er sie umfasste, weinte sie. Andy hielt sie fest. Seine tröstenden Worte beruhigten sie letztlich. Er selbst jedoch geriet innerlich in Rage. Wie konnte Doktor Bernhardt so etwas tun? Bisher benahm er sich, als wäre er ein enger Freund der Familie. Sie hatten ihm vertraut. Und dann DAS! Am Ende rutschte Andy heraus: „Doktor Bernhardt ist ein Krimineller. Dieses Schwein! Und ich Idiot hab es nicht bemerkt." Kurz darauf fügte er hinzu: „Du musst es unbedingt der Polizei erzählen. Sie können ihn aufhalten." Zu seinem Erstaunen meinte Chris: „Es gibt nicht viel zu sagen. Er hat mir mehrfach eine Spritze gegeben. Danach konnte ich mich kaum mehr bewegen und hab wirres Zeug geträumt. Ich bin nicht sicher, ob es wirklich geschehen ist. Das ist kein Beweis. Wer soll mir glauben?" Andy drückte sie fester: „Ich glaube dir. Meinst du, dass du es Kommissar Hofer erzählen kannst? Er ist Doktor Bernhardt schon länger auf der Spur." Chris antwortete: „Meine Aussage wird nicht ausreichen. Außerdem, wenn Doktor Bernhardt erfährt, dass ich geredet habe ..." Sie konnte nicht weitersprechen und atmete schwer. Doch Andy gab nicht auf: „Falls du es nicht tust, wird er weitermachen. Wer weiß, wer sein nächstes Opfer sein wird. Das können wir nicht zulassen. Fürs Erste übernachte ich hier und beschütze dich. Garantiert stimmt Frau Doktor Lange deiner Entlassung aus der Klinik zu. Dann kannst du nach Hause." „Das wird nichts nützen. Du kannst nicht vierundzwanzig Stunden bei mir sein. Ich bin sicher, er findet einen Weg. Das hat er bisher auch geschafft. Zudem hat Doktor Bernhardt den längeren Arm. Er ist dein Chef", entgegnete sie. „Chris", sagte Andy, „wenn wir ihn kriegen, hört er damit auf. Willst du wirklich, dass er noch jemanden so behandelt wie dich?" Ihre Unterhaltung brach ab, denn Simba drängte sich dazwischen. Chris streichelte das Tigerbaby. Allerdings ließ Suleika nicht lange auf sich warten. Sie biss Simba und tapste auf ihm herum. Dieser wehrte sich nun. „Hey, ihr beiden", rief Chris. Sie löste sich von Andy und versuchte die Tiere auseinander zu bringen. „Was hat sie nur?", fragte Chris. „Sie ist natürlich eifersüchtig", antwortete Andy, „Suleika will die ganze Liebe und Aufmerksamkeit für sich allein und nicht teilen. Es ist normalerweise nicht wie bei Jack und mir. Was denkst du?" Mit großen Augen schaute sie Andy an. Kurz darauf vernahm er ihre Antwort: „Ok. Ich sage aus. Aber nur Kommissar Hofer und du. Sollte er meinen, dass es keine Chance gibt, Doktor Bernhardt damit zu stoppen, nehme ich alles zurück." Erstaunt blickte er zu ihr. Er hatte etwas anderes gemeint. Doch dies war auch gut. Sogleich zückte Andy sein Handy.

*

Wenig später saß der Kommissar in ihrem Krankenzimmer, Notizblock und Stift in der Hand. „Ich bin ganz Ohr", äußerte er sich. Suleika und Simba spielten zusammen in einer Ecke. Chris zögerte. Man sah ihr das Unbehagen an. Nervös wanderte ihr Blick fortwährend zur Tür. Würde sie doch noch einen Rückzieher machen? Oder befürchtete sie, dass jemand eintrat? Andy verschloss rasch den Raum von innen mit seinem Generalschlüssel. Er nahm ihre Hand und drückte sie fest. Nach einem tiefen Atemzug ihrerseits startete Kommissar Hofer seine Vernehmung. Zunächst erfragte er Personaldaten – Name, Adresse, Beziehungsstatus und so weiter. Dann begann Chris von Jacks Todestag zu erzählen. Gegen 11 Uhr hatte Jack aufgehört zu atmen. Kein Puls spürbar. Andy hatte sie auf diesen Moment vorbereitet, dennoch war sie erschrocken. Aufgeregt wählte sie Andys Nummer. Er würde sicher wissen, was zu tun war. Nach mehreren Versuchen meldete sich jemand mit Namen Jordan. Er war ziemlich unfreundlich. Offensichtlich hatte sie ihn gestört. Entsetzt nahm sie zur Kenntnis, dass Andys Nummer nicht stimmte. Was nun? Panikartig rief sie Doktor Bernhardt an. Sicher würde er Andy ans Telefon holen oder ausrichten, was geschehen war. Doktor Bernhardt beruhigte sie am Telefon. Am Ende sagte er, er wolle vorbeikommen, da Andy beschäftigt wäre. Es dauerte eine halbe Stunde, bis es an der Haustür klingelte. Chris ließ ihn ein. Er untersuchte Jack und sagte, er hätte es überstanden. Jack hätte keine Schmerzen mehr. Doktor Bernhardt wollte ihr wegen ihres Schocks eine Spritze geben und versprach ihr, dass sie ihr helfen würde. Doch die angekündigte Wirkung trat nicht ein. Stattdessen verzerrte sich die Umgebung. Wie im Delirium nahm sie alles um sich wahr. Bald konnte sie sich kaum noch bewegen, Gleichgewichtsgefühl und Stimme versagten. Doktor Bernhardt sagte seltsame Dinge zu ihr. Sie dürfte nicht unglücklich sein. Er wäre auserkoren solche Engel wie sie zu trösten. Augenblicklich berührte er sie an intimen Stellen. Letztlich legte er sie aufs Bett, neben den toten Jack. Daraufhin beugte er sich über sie. Wild küsste er sie, während er sie entkleidete. Er benutzte ein Kondom. Zuletzt zog er sie wieder an. Auf diese Weise würde keiner bemerken, was geschehen war. Am Ende verschwand er mit den Worten, dass sie niemandem etwas erzählen bräuchte, denn es würde keiner ein Wort glauben. Die Wirkung des Mittels hielt lange an. Unmöglich, aufzustehen oder zu sprechen. Daher konnte sie sich Andy nicht anvertrauen. Erst am nächsten Tag wurde es besser. Gegen Mittag konnte sie sich wieder einigermaßen auf den Beinen halten. Da klopfte es an der Tür. Sie dachte, es wäre der Mieter aus der Wohnung unter ihr. Es hatte sicher Krach gemacht, als sie, bei ihren unzähligen Versuchen aufzustehen, stürzte. Jemand würde ihr endlich helfen. Leider war es Doktor Bernhardt. Unerklärlich, wie er ins Haus gelangt war. Es hatte nicht geklingelt. Augenblicklich ergriff er ihren Arm. Ihre Kraft genügte noch nicht, sich zu wehren. Er spritzte erneut das Mittel. Die Ereignisse des Vortages wiederholten sich. Am Abend gab sie sich alle Mühe, mit Andy zu reden. Trotzdem brachte sie nicht den leisesten Ton heraus. Andy hatte dann Doktor Bernhardt kommen lassen. Sie hatte versucht ins Schlafzimmer zu gelangen, um sich einzuschließen – leider ohne Erfolg. Beim Erwachen musste sie feststellen, dass sie im Krankenhaus lag. Jeden Tag kam ihr Peiniger nun vorbei. Er drohte ihr, falls sie jemandem davon berichten sollte, würde Andy seine Arbeit verlieren und Schlimmeres. Sie hatte so gehofft, dass es jemand merken würde. Hier im Krankenhaus gab es jede Menge Schwestern und Ärzte. Man kam kaum zur Ruhe, ständig war eine Person im Zimmer. Doktor Bernhardt kannte die Gepflogenheiten genau und suchte sich stets eine Zeit, bei der sie allein war. Normalerweise kam er, wenn die anderen Patienten Mittagsruhe hielten. Daher fiel niemandem diese scheußliche Tat auf, außer Frau Doktor Lange. Sie schien stutzig geworden zu sein und besuchte Chris öfter. Schließlich gab sie Chris eine Tablette. Die Wirkung war effektiv, denn kurz darauf verringerte sich das Rauschen im Kopf. Die Dinge um sie herum wurden realer. Bald vermochte sie sich zu bewegen. Was immer es war, es tat gut. Unglücklicherweise musste Frau Doktor Lange zu einem Notfall. Chris hatte gehofft, dass wenigstens die Schwester bleiben würde. Kaum waren alle weg, traf Doktor Bernhardt ein. Chris wehrte sich. Er nahm an, die Wirkung des Serums hätte nachgelassen und erhöhte die Dosis. Außerdem drohte er ihr, dass er Andy furchtbare Dinge antun würde, sofern sie ihr „Techtelmechtel" verraten würde. Am nächsten Tag verhinderte Schwester Susanne zufällig einen seiner Übergriffe. Seitdem kam er nicht mehr, was Chris verwunderte.

Allerdings blieb sie auch nicht mehr ohne Aufsicht im Krankenzimmer. Erst freute sie sich. Später machte sie sich Gedanken. Hoffentlich würde nicht eine andere Patientin an ihrer Stelle dieses Martyrium erleiden müssen. Oder arbeitete er gar an der Realisierung einer seiner Drohungen?

Chris war es sichtlich schwergefallen, die vergangenen Ereignisse wiederzugeben. Plötzlich griff sie nach Andys Hand. „Meine Hand", sagte sie mit Schmerz in der Stimme, „kannst du bitte etwas lockerer lassen." Andy zuckte zusammen. Ihm war gar nicht bewusst, wie sehr er zugedrückt hatte. Die Geschichte erschütterte ihn zu sehr. Alles, was ihm zuvor merkwürdig vorgekommen war, erklärte sich mit einem Mal. Das Puzzle vervollständigte sich. Was für ein Horror! Sein Herz krampfte sich bei dem Gedanken zusammen, dass er die ganze Zeit hätte merken müssen, was los war. Warum hatte er es nicht mitbekommen? Andy selbst hatte sie zu Doktor Bernhardts Wagen getragen. Er hatte sie persönlich in die Hölle gebracht, dabei wollte er sie beschützen. Tief bewegt über das eben Gehörte entgegnete er: „Natürlich. Tut mir leid", und fügte hinzu: „Das ist alles meine Schuld." Mit Bestürzung hörte er kurz darauf Kommissar Hofer sagen: „Das ist eine schreckliche Geschichte, Frau Hofmann. Sie wollten meine ehrliche Meinung hören. Nun denn: Unsere Chancen stehen schlecht. Aussage wird gegen Aussage stehen. Keine Zeugen. Wir haben weder das Serum noch die Spritze und er benutzte ein Kondom. Also keinerlei Spuren. Selbst wenn jemand Ihrem Bericht Glauben schenken würde, stünde immer noch im Raum, dass möglicherweise

Drogen im Spiel waren. Sie befanden sich in einem Rauschzustand. Ob man Realität und Traum auseinanderhalten könnte, wäre fraglich. Der Bluttest ergab leider auch nichts. Das Einzige, was wir beweisen können, ist, dass Doktor Bernhardt an mehreren Tagen anwesend war. Wobei man die Vorfälle im Krankenhaus sicher voraussichtlich als unglaubwürdig einstufen wird, denn er ist nicht nur ein renommierter Arzt sondern auch Chef dieser Station. Eine Visite wäre absolut normal. Hinzu kommt: Eine derartige Tat in dem Gewimmel von Personal, Patienten und Besuchern – nahezu ausgeschlossen. Der Verteidiger wird Sie auseinandernehmen: eine Frau, die ihren Lebensgefährten verloren hat und einsam ist." Andy sprang empört auf: „Das glaube ich jetzt nicht! Was für Beweise wollen Sie noch. Sie müssen etwas tun! Anderenfalls greife ich zur Selbsthilfe!" Kommissar Hofer gab sich alle Mühe, Andy zu beschwichtigen: „Unterstehen Sie sich! Sie landen im Gefängnis und er lacht sich ins Fäustchen. Beruhigen Sie sich. Es gibt einen Weg: Wir müssen ihn auf frischer Tat ertappen. Aber dazu müssten Sie, Frau Hofmann, mitmachen." Am liebsten wäre Andy aus der Haut gefahren: „Chris als Köder benutzen und dieses Schwein noch einmal an sie heranlassen? Auf keinen Fall!" Unerwartet entgegnete Chris: „Ich bin einverstanden. Was muss ich tun?" Fassungslos starrte Andy sie an. Unbeirrt fuhr sie fort: „Andy, Du hast es selbst gesagt: Jemand muss Doktor Bernhardt stoppen. Keiner weiß, wer sein nächstes Opfer sein wird. Vielleicht hat er schon eine Person im Auge. Wer garantiert, dass sich diejenige wehren kann. Sicher wird er wieder nicht erwischt. Und falls er frei bleibt, wird er seine Drohungen wahr machen. Ich mag seine Worte nicht wiederholen. Er findet einen Weg. Das hat er bisher immer geschafft und er wird auch zukünftig sein Ziel erreichen. Sofern er noch einmal zu mir kommt, haben wir eine Chance. Außerdem kann die Polizei verhindern, dass er mich noch einmal anfasst." Chris stand auf und drückte Andy an sich, worauf er sie festhielt. „Zusammen schaffen wir das", sagte sie entschlossen. Schweren Herzens beugte sich Andy. Kommissar Hofer versprach, alle nötigen Sicherheitsmaßnahmen zu ergreifen. Niemand würde das Anbringen der Kameras bemerken. Eventuell müsste man das Mikrofon an ihr befestigen. In jedem Fall wären seine Kollegen präsent und könnten sofort eingreifen.

*

Wie besprochen, geschah es. Ein Patientenzimmer wurde für die Polizisten und die notwendige Ausrüstung hergerichtet. Leider befand sich dieses am anderen Ende des Ganges. Andy meinte, dass es zu weit entfernt wäre. Im Gegensatz dazu fand Kommissar Hofer die Lage gut. Je unauffälliger, umso besser. Zudem boten die Krankenbetten seinen Kollegen die Möglichkeit, sich auszuruhen oder zu übernachten. Auch ein eigenes Bad war vorhanden, es würde niemand zwischendurch den Raum verlassen und den Gang entlanglaufen müssen. Nichts würde also Verdacht erregen. Doktor Bernhardt war schlau. Er musste sich sicher fühlen. Hoffentlich war sein Trieb größer als seine Vorsicht. Die Kameras, welche am Fernseher und am Fensterrahmen angebracht wurden, leisteten gute Dienste. Die Monitore zeigten nahezu den kompletten Raum, in dem Chris lag. Man konnte sowohl den Tisch als auch das Bett sehen. Die Qualität des Mikrofons war leider ungenügend. Daher musste Chris es tragen. Dies erwies sich jedoch als schwierig. Sie probierten Verschiedenes aus: Das Krankenhausnachthemd bot keine Möglichkeit, es zu verbergen und das getigerte Nachthemd würde Doktor Bernhardt sofort verdächtig vorkommen. Hinterm Ohr fiel das Mikrofon leider auf. Letztlich wurde es zwischen Chris' Brüsten angeklebt. Andy befürchtete, dass Doktor Bernhardt es gleich bemerken würde. Kommissar Hofer erklärte ihm: Wenn der Arzt es entdecken würde, wäre er definitiv zu nah gekommen. Kein wirklich beruhigender Gedanke.

Sobald Alex die Tigerbabys abgeholt hatte, starteten sie die Aufzeichnung. Vorsichtshalber wurde Alex nicht eingeweiht. Der Computer speicherte alles Geschehen mit Datum und Uhrzeit. Da niemand wusste, wann Doktor Bernhardt zu Chris gehen würde, beschlossen die Polizisten sich bei der Überwachung abzuwechseln. Eine weitere Maßnahme wurde nötig. Es musste unbedingt verhindert werden, dass Doktor Bernhardt das Zimmer mit den Überwachungsgeräten betrat. Andy hatte eine Idee. In die Patientenliste der Station wurden zwei ältere Herren eingetragen, welche hier nur kurzzeitig wegen Bettenmangels verweilten. Das kam hin und wieder vor. Da Doktor Bernhardt neue Patienten persönlich begrüßte und noch einmal selbst untersuchte, wurde Doktor Schubert aus der Chirurgie als behandelnder Arzt vermerkt. Die Patienten gehörten also in dessen

Zuständigkeit. Beide Ärzte waren schon mehrfach heftig aneinandergeraten. Darum gingen sie sich aus dem Weg und mieden den Kontakt zu den Patienten des anderen, sofern es sich einrichten ließ. Aus diesem Grund würde Doktor Bernhardt sicherlich einen Bogen um diesen Raum machen. Im Behandlungsplan wurde Andy als Betreuer der vermeintlichen Patienten eingeteilt sowie Schwester Gabi aus der Chirurgie. So würde es nicht auffallen, wenn er in seiner Schicht hineinging oder herauskam. Nur diejenigen Mitarbeiter der Station wurden eingeweiht, bei denen es unbedingt nötig war. Ihnen wurde eingeschärft, dass sie sich wie immer verhalten sollten.

Da niemand Andy überreden konnte, nach Hause zu fahren, wurde er angewiesen sich von Chris fernzuhalten. Keinesfalls sollte er bei ihr übernachten oder als Beschützer auftauchen. Somit verweilte Andy im Überwachungsraum. Gespannt warteten sie. Leider geschah an diesem Abend nichts. Nun gut, planmäßig würde Doktor Bernhardt erst am kommenden Tag seine Dienstzeit antreten. Müde legte sich Andy in eines der Betten. Bald fielen ihm die Augen zu.

Am frühen Morgen ging Andy wie üblich zu Chris. Normalerweise half er ihr ja beim Aufstehen. Heute bedurfte es dieser Tätigkeit nicht. Chris hatte sich selbst eine Hose und ein T-Shirt mit einem Wasserfallausschnitt übergezogen, welches das Mikrofon gut verdeckte. Sie sprachen sich gegenseitig Mut zu. Chris nahm am Tisch vorm Fenster Platz. Andy zog sich zurück. Auf dem Weg zum Schwesternzimmer begegnete Andy Doktor Bernhardt. In gewohnter, freundlicher Art begrüßte dieser Andy und sie unterhielten sich. Andy kämpfte allerdings schwer darum, natürlich zu klingen und normal zu wirken. Am liebsten wäre er dem Mann an die Gurgel gefahren. Bedauerlicherweise fiel Doktor Bernhardt auf, wie angespannt Andy war und er fragte nach der Ursache. Als dieser erklärte, dass er Stress mit Doktor Schubert habe wegen dessen ständig nörgelnden Patienten, wirkte Doktor Bernhardt beruhigt. Nervös ging Andy seiner Arbeit nach. Hoffentlich hatte Doktor Bernhardt keinen Verdacht geschöpft. Was wäre, wenn alles schief ginge? Sicherheitshalber hielt er immer ein Auge auf den Arzt. Dieser tat jedoch nichts Auffälliges. Kein Besuch bei Chris. Nicht einmal in der Nähe ihrer Räumlichkeit hielt er sich auf. Hatte er Wind vom Vorhaben bekommen? Andy wurde unruhig.

Gegen Mittag verschwand Doktor Bernhardt plötzlich. Andy konnte sich nicht erinnern, ob er mit den anderen Ärzten zur Kantine gegangen war. Ein guter Zeitpunkt, die Lage zu prüfen und nach den Polizisten zu sehen. Unauffällig schlüpfte er in den Überwachungsraum. Frau Doktor Lange musste kurz vor ihm angekommen sein. Sie sprach ihn sogleich an. Kommissar Hofer knurrte ihnen ein harsches „Ruhe!" entgegen und blickte auf den Monitor. Andy trat näher an den Bildschirm. Er erkannte Doktor Bernhardt. Wie gebannt, beobachtete Andy das Geschehen, so wie die anderen um ihn herum.

Chris saß am Tisch, wie an den Tagen zuvor, und schaute aus dem Fenster. Was hatte Doktor Bernhardt an der Tür zu schaffen? Klackte eben das Schloss? Nun bewegte er sich auf Chris zu. Sie zuckte zusammen und schlang ihre Arme um sich. Doktor

Bernhardt begann zu sprechen: „Hallo mein Engel." Er berührte sie zärtlich am Arm und sagte: „Hattest du in den letzten Tagen Sehnsucht nach mir? Sicher hast du mich ebenso vermisst wie ich dich. Leider konnte ich dich nicht früher besuchen. Ich hatte geschäftlich zu tun." Chris wirkte ängstlich und verkrampft. Ungeachtet dessen holte er ein Etui aus seiner Tasche. Dieses enthielt eine Spritze und eine Ampulle. Er zog die Spritze auf, während er fortfuhr: „Erstaunlich, aber bei dir scheint die Wirkung des Mittels mit der Zeit nachzulassen. Das dürfte gar nicht passieren. Offenbar wurde mir Schund geliefert. Ich werde mit dem Hersteller ein klärendes Gespräch führen müssen. Ich ziehe lieber gleich etwas mehr auf, notfalls bekommst du dann noch eine Dosis."

*

Im Überwachungsraum erwachte Andy aus seiner Starre, als die Zimmertür klappte. Kommissar Hofer hatte den Befehl für den Zugriff erteilt. Für einen Moment fixierte Andy noch den Bildschirm. Chris wehrte sich nun, doch Doktor Bernhard hatte ihren Arm fest im Griff und rammte die Spritze hinein. In diesem Augenblick rannte Andy panisch los. Im Hintergrund hörte er Doktor Bernhardts Stimme: „Verdammt, das war zu viel." In Andys Kopf wiederholten sich die Worte: „Das war zu viel." Zu viel?! Chris musste eine Überdosis bekommen haben. Unverzügliche Hilfe war nötig! Frau Doktor Lange war Andy umgehend gefolgt. Während des Laufens schrie sie den Schwestern zu, was sie an Medikamenten und medizinischen Geräten benötigte. Der Operationssaal sollte sofort bereit gemacht werden und die Apparatur für eine Blutwäsche. Der Fahrstuhl! Die Tür des Lifts sollte offen gehalten werden bis sie mit der Patientin da wäre. „Wir dürfen keine Sekunde verlieren!", vernahm Andy, ehe er Chris' Krankenzimmertür erreichte. Sein Herz raste. Die Polizisten machten sich am Türschloss zu schaffen, konnten es aber nicht öffnen. „Aufbrechen!", hörte Andy jemanden befehlen. Aufgeregt rief Andy: „Ich habe einen Generalschlüssel!", und schob die Anwesenden beiseite. Mit zitternden Händen schloss Andy die Tür auf und stürmte hinein. Doktor Bernhardt starrte Andy entgeistert an. Chris lag bewusstlos auf dem Bett. „Du Schwein!", brüllte Andy außer sich. Er stürzte sich auf Doktor Bernhardt und verpasste ihm einen harten Faustschlag, so dass der Arzt stürzte. Frau Doktor Lange kümmerte sich unterdessen um Chris. Bevor Andy weiter auf Doktor Bernhardt einprügeln konnte, hatten ihn zwei Polizisten ergriffen. Mit großer Mühe zerrten sie den wütenden und schimpfenden Andy weg, der sich heftig wehrte. Kommissar Hofer stellte sich vor Doktor Bernhardt, Andy den Rücken zugewandt. In ruhigem Ton sagte er: „Doktor Bernhardt, Sie sind festgenommen." Handschellen wurden angelegt. Kommissar Hofer holte das Etui aus Doktor Bernhardts Tasche und las laut vor, was auf der Ampulle stand. Mit versteinerter Miene vernahm Frau Doktor Lange den Namen des Serums und die Inhaltsstoffe. „Oh Gott!", rutschte ihr heraus. Eine Schwester eilte herbei, eine Schale in der Hand. Darin lagen die geforderten Medikamente. Schwester Susanne brachte ein Beatmungsgerät, dessen Schlauch sofort in Chris' Luftröhre eingeführt wurde. Unverzüglich spritzte Frau Doktor Lange Chris eines der Medikamente und löste die Bremsen des Bettes. Mit Schwung schob sie es an. Zwei Schwestern halfen beim Schieben des Bettes. Mit rasender Geschwindigkeit führten sie es zum Fahrstuhl. Der schlimmste Alptraum schien Realität zu werden. Würde Chris die Überdosis überleben? Sie durfte nicht sterben! Andy schrie: „Chris! Nein!" Endlich gelang es ihm, sich von den Polizisten loszureißen. Wie durch einen endlosen Tunnel jagte er seinen Kolleginnen hinterher. Das Krankenbett wurde im Aufzug zum Stehen gebracht. Frau Doktor Lange führte nun Herzdruckmassagen aus. Eine weitere Spritze wurde in Chris' Armvene gerammt. Bevor Andy den Fahrstuhl erreichte, hatte sich dieser bereits geschlossen. Andy hämmerte gegen die verschlossene Tür des Liftes. Aus Verzweiflung hätte er am liebsten geschrien, doch dann fiel ihm das Treppenhaus ein. Auf der Stelle hastete er die Stufen zum Operationssaal hinunter. Dort wurde er allerdings aufgehalten. Doktor Schulze nebst Verstärkung durch einen Krankenpfleger stoppte Andy. „Hier dürfen Sie nicht hinein", wies ihn der Arzt zurecht, „Sie müssen warten. Beruhigen Sie sich erst einmal. Bei Frau Doktor Lange ist die junge Frau in guten Händen. Ihr können Sie vertrauen." Beide schoben Andy auf einen Stuhl. Andy war am Ende. Würde er Chris nach allem, was geschehen war, noch verlieren? Das konnte alles nicht wahr sein! Was wenn sie sterben würde? Nein, dies durfte nicht passieren. Das würde Andy auf keinen Fall verkraften können. Er stützte seinen Kopf auf seine Hände. Seine Finger gruben sich tief in sein Haar. Ununterbrochen sprach er zu sich: „Nicht Chris, bitte nicht!" Doktor Schulze mochte Andy unter diesen Umständen nicht allein lassen. Er leistete ihm Gesellschaft und sprach aufmunternde Worte. Bedauerlicherweise wurde er bald zu einem Notfall gerufen. Andy musste ihm versprechen, keine Dummheiten zu machen. Zudem sollte Andy auf ihn warten.

Die Stunden vergingen. Eine unerträgliche Wartezeit! Fortwährend quälte ihn der Gedanke, dass er alles hätte verhindern können. Die Telefonnummer in Chris' Handy! Ein Blick zur Kontrolle und alles hätte nie stattgefunden. Seine Brust schmerzte. Warum hatte er nicht früher bemerkt, was los war? Er hatte doch Jack ein Versprechen gegeben. Aufpassen sah keinesfalls so aus. Andy schien jeden Moment den Verstand zu verlieren. Zum Glück kehrte Doktor Schulze zurück. Nach bestem Wissen und Gewissen redete er Andy gut zu. Wenig später musste er jedoch erneut weg.

Endlich kam Frau Doktor Lange. Sie wirkte ziemlich geschafft und war völlig durchgeschwitzt. War das nun ein positives Zeichen oder nicht? Andy sprang auf. Er konnte die Ungewissheit kaum noch aushalten. Allerdings nahm Frau Doktor Lange zunächst auf dem Stuhl Platz, neben dem er bisher gesessen hatte. Sie forderte Andy auf, sich hinzusetzen. Nach einem tiefen Durchatmen, nahm sie ihre OP-Kappe ab und wischte sich den Schweiß von der Stirn. „Was ist?", fragte Andy aufgeregt, „nun sagen Sie schon!" Frau Doktor Lange wies noch einmal auf den Stuhl. Erst als Andy saß, entgegnete sie: „Das war haarscharf. Ich dachte zwischendrin wirklich, wir verlieren sie. Ihre

Freundin hat mindestens drei Schutzengel gehabt. Momentan ist sie stabil. Wir behalten sie vorerst auf der Intensivstation." Voller Erleichterung fiel Andy ihr um den Hals: „Danke!" Freudentränen liefen über seine Wangen. Sie klopfte ihm auf die Schulter: „Andy, Sie sollten jetzt nach Hause gehen und sich ausschlafen. Ich werde dies auch gleich tun. Morgen können Sie zu ihr. Sie sind zudem für die nächsten Tage freigestellt. Das haben Sie sich verdient. Nach dem Durchlebten müssen Sie sich erholen. Die Klinik würde ungern auf Sie verzichten."

*

Andy wachte am kommenden Tag erst gegen Mittag auf. Obwohl er völlig übermüdet war, konnte er am Abend zuvor einfach nicht einschlafen. Die Ereignisse der letzten Tage drehten sich in seinem Kopf. Unmöglich, diese abzuschütteln. Die Schuldgefühle waren nahezu unerträglich. Schließlich nahm er eine von Jacks Schlaftabletten. Es wirkte besser als gedacht. Ein Glück, dass er kurzfristig Urlaub erhalten hatte. Anderenfalls wäre es das erste Mal gewesen, dass er zu spät bei der Arbeit erschienen wäre. Nach einer Dusche fühlte er sich besser denn je. Danach stieg er auf sein Motorrad und fuhr in die Klinik.

Chris lag noch auf der Intensivstation. Sie war wach, sah allerdings furchtbar aus. Ganz blass. Dunkle Augenringe. Die medizinischen Geräte um sie herum piepten fortwährend. Als sie Andy bemerkte, trat ein Lächeln auf ihre Lippen. „Wie geht es dir, Chris?", begann Andy zu sprechen. Sie antwortete: „Ich hatte schon bessere Tage. Mir ist, als hätte mich jemand durchgekaut und wieder ausgespuckt. Frau Doktor

Lange meinte, das sei ganz normal. Es würde in den nächsten Tagen definitiv besser werden." Vorsichtig nahm er ihre Hand. Andy meinte: „Es tut mir so leid. Das war alles meine Schuld. Es hätte nie so weit kommen müssen." Chris war anderer Meinung: „Mach dir keine Gedanken. Du kannst nichts dafür. Sieh es mal so: Ohne uns würde Doktor Bernhardt unbemerkt weitermachen. Kommissar Hofer war vorhin hier und berichtete, dass es für eine Verurteilung reicht. Höchstwahrscheinlich kommt er in eine geschlossene Anstalt und wird nie wieder als Arzt arbeiten." Ein schwacher Trost. Chris sagte: „Ich weiß gar nicht, wie ich dir je für die erneute Rettung danken kann." Andy lächelte ihr zu. Innerlich rang er mit sich. Sollte er ihr endlich sagen, dass er mehr für sie empfand? Die Entscheidung wurde ihm allerdings abgenommen. Schwester Berta trat ein und erklärte, die Besuchszeit wäre zu Ende. Andy möge morgen nach ihr sehen. Ihm blieb nichts anderes übrig, als das Krankenhaus zu verlassen.

Da stand er nun. Eine ungewohnte Situation. Das erste Mal seit langem ein freier Tag, keine Arbeit, niemand, um den er sich kümmern musste, keine Angst um Chris haben müssen. Er stieg auf sein Motorrad und fuhr los. Eine Wohltat, wie die Befreiung von einer schweren Last.

Am nächsten Tag ging es Chris besser, sie wurde in ein normales Krankenzimmer verlegt. Als Alex und Sarah, wie gewohnt, erschienen, wurden sie eingeweiht. Sie konnten kaum glauben, was in der Zwischenzeit geschehen war. Auf vieles waren sie gefasst, jedoch nicht darauf. Mit Erleichterung nahmen sie zur Kenntnis, dass Chris nicht auf Grund von Jacks Tod durchgedreht war. Alles würde sich normalisieren. Offensichtlich mochten sie Chris und würden ihre Freundschaft weiterhin aufrechterhalten, im Gegensatz zu vielen anderen des Motorradclubs.

Einige Tage danach genehmigte Frau Doktor Lange, dass Chris am Samstag nach Hause dürfte. Andy sah Chris an, dass sie etwas bedrückte. Als er mit ihr allein im Zimmer war, fragte er nach. Was war los? Unerwartet meinte Chris: „Ich glaube, ich kann das noch nicht. Nach allem, was in unserer Wohnung geschehen ist, einfach darin weiterleben und in dem Bett schlafen, in dem so schreckliche Dinge passiert sind. Viel Zeit hatte ich noch nicht, das Erlebte zu verarbeiten. Was soll ich nur tun?" „Kein Problem", entgegnete Andy, „ich weiß, das klingt merkwürdig, aber ich habe tatsächlich eine eigene Wohnung. Zumindest steht in dem Mietvertrag, dass es meine ist. Wenn du magst, ziehen wir dorthin. Auf diese Weise kannst du in Ruhe über alles nachdenken. Wenn du dir überlegt hast, wo du wohnen möchtest, gehen wir dahin. Allerdings muss ich dir gestehen, dass es nur eine Einraumwohnung mit einem winzigen Bad ist. Zudem gibt es weniger Mobiliar darin als zu Hause. Also … ich meine … in der Conrad-Wolf-Straße." Als er bemerkte, dass Chris ihn mit großen Augen ansah, wurde er verlegen. Irgendwie war es doch Jacks und Chris' Heim und nicht seines. Außerdem: Er sprach wie selbstverständlich davon, dass Chris und er gemeinsam in seiner Wohnung verweilen würden. Vielleicht wollte sie das gar nicht, sondern lieber für sich sein. Er räusperte sich und spürte die Röte in sein

Gesicht steigen. Mit einem Lächeln auf den Lippen entgegnete Chris: „Wirklich? Du hast eine eigene Wohnung?" Nach einer kurzen Pause fügte sie hinzu: „Das klingt verlockend. Wir könnten ja die wichtigsten Sachen mitnehmen. Schlafsack und Anziehsachen." Andys Herz hüpfte vor Glück. Sie wies ihn nicht ab. Erfreut erwiderte Andy: „Gut, damit ist es abgemacht. Ich habe bis einschließlich Sonntag frei. Das Nötigste bringe ich schon hin. Deine persönlichen Dinge musst du jedoch selbst einpacken. Eine gute Nachricht gibt es auch: In der Wohnung existiert eine Nische, in dem ein richtiges Bett steht. Der Vormieter hat außerdem neben der Küchenzeile einen Bartisch an der Wand angebaut. Zwei Barhocker gehören dazu. Es wird dir gefallen. Samstag hole ich dich ab, dann wirst du es sehen." Andy fiel ein Stein vom Herzen. Sie würden zusammenbleiben. Endlich, ja endlich würden sie wieder ein Leben führen wie andere auch. Er konnte versuchen, ihre Liebe zu gewinnen. Die Chancen standen besser als erwartet.

*

Wie besprochen, fuhr Andy am Sonnabend zur Klinik. Unterdessen war Normalität eingekehrt. Frau Lüttich wurde Bericht erstattet über die vergangenen Vorfälle. Erstaunlich gefasst hörte sie zu. Trotz der Nachricht, dass Andy und Chris die nächste Zeit nicht hier wohnen würden, blieb ihr Frohmut ungetrübt. Der Grund war Herr Baumann. Wie sich herausstellte, übernachtete er in letzter Zeit sogar bei Frau Lüttich. Für alle Fälle hinterließ Andy seine Handynummer. Diesmal prüfte er sie mittels Testanruf. Chris' Nummer hatte Frau Lüttich in ihrem Telefonbuch stehen. Andy schrieb noch die neue Adresse hinzu.

Im Krankenhaus hatte Chris ihre Habseligkeiten in ihre Tasche gepackt. Gemeinsam verließen sie das Gebäude. Andy befestigte die Tasche am Motorrad. Wie früher stieg Chris zu ihm aufs Bike. Ihre Arme umfassten ihn. Eine Wohltat, sie zu spüren. Planmäßig hielten sie in der Conrad-Wolf-Straße direkt vor der Haustür, denn Chris sollte ihre persönlichen Sachen holen. Sie stieg von der Maschine. Ihren Helm legte Andy auf den Tank des Motorrades. Seinen nahm er ebenfalls ab. Andy mochte jedoch nicht mit Chris in die Dachwohnung gehen und blieb bei seinem Bike. Bestimmt wäre es ihr unangenehm. Vor der Haustür blieb sie allerdings stehen und schaute nach oben. Andy machte sich sofort Sorgen. Sollte er sie doch lieber begleiten? Daher sprang er auf und fragte: „Schaffst du es allein?" Chris sah ihn an und nickte. Erleichtert ließ Andy sich wieder auf seinem Motorrad nieder. Unerwartet kam Chris zurück und wandte sich an ihn: „Bevor wir in deine Wohnung fahren, muss ich dir etwas sagen. Ich will, dass du weißt: Du warst nie der Zweite für mich. Es klingt seltsam, aber ich liebe euch beide gleichermaßen, das heißt: Jack und dich. Zum Glück habt ihr mich nie vor die Wahl gestellt. Ich hätte mich nicht entscheiden können. Als Jacks Krebsdiagnose gestellt wurde, bekam ich plötzlich Angst, dass du nur wegen ihm dageblieben bist und nicht wegen mir. Mit Jacks Tod schien ich euch beide zu verlieren. Das war das Schlimmste überhaupt. Ich wusste nicht, wie ich es dir sagen sollte. Du hättest es falsch verstehen können." Andy verschlug es die Sprache. Die ganze Zeit hatte er überlegt, wie er Chris seine Liebe gestehen sollte. Er hatte sich Gedanken gemacht, was zu tun war, um sie für sich zu gewinnen, dabei liebte sie ihn längst. Chris schaute ihn ernst an: „Andy, du wartest doch auf mich? Ich meine: Du bist die ganze Zeit meinetwegen geblieben, oder?" Ohne zu zögern nahm er sie zärtlich in seine Arme. Als sie ihn umfasste, drückte er sie fest an sich. Nach einem tiefen Atemzug der Erlösung, sprach er zu ihr: „Ach Chris, ich warte schon so lange auf diesen Moment, dir sagen zu können, dass ich ohne dich nicht leben kann. Ich würde bis ans Ende meiner Tage auf dich warten, wenn ich nur wüsste, dass du mich genauso liebst." Ein intensiver Kuss folgte, bevor er sie erneut an sich drückte. Es war der glücklichste Moment seines Lebens. Endlich hatte er Gewissheit. Sie würden ein Paar sein und eine ganz normale Beziehung führen. Am liebsten hätte er sie für immer festgehalten. Nachdem er sie losgelassen hatte, bemerkte er, wie ihre Augen strahlten. Chris hatte ihr zauberhaftes Lächeln wieder, das Andy so lange vermisst hatte. Ihre Worte drangen an sein Ohr: „Ich beeil mich." Schnell öffnete sie die Haustür und Andy vernahm, wie sie eiligen Schrittes die Stufen erklomm. Gleich würde sie mit ihren Sachen herunterkommen. Eine gemeinsame Zukunft stand ihnen bevor.

* * *